文春文庫

女と男の絶妙な話。

悩むが花

伊集院 静

文藝春秋

女と男の絶妙な話。

悩むが花

目次

初出「週刊文春」
二〇一七年三月九日号～二〇一九年三月七日号
単行本化にあたり、抜粋、加筆しました。

単行本　二〇一九年五月　文藝春秋刊

大人の男の常識

Q

五十年来の旧友から「結婚はいいものだ。お前も早くいい人を見つけろ」と言われ続けてきました。ところが最近、友から届いたハガキには「妻かわりました」。三人の子をなした奥さんと別れ、外国人女性と再婚したそうです。私は見合いを数回したものの、現在も独り。まだ結婚をめざすべきでしょうか。

（57歳・男・会社員）

その友人はきっと善い男だと思うが、結婚はいいものだなどと口にすることには、少し首をかしげるな。私は、必ずしも結婚が、男性にとって素晴らしいものとは思わないもの。

結婚しない方が良かったと考えているのかって？

そんなことここで堂々と言えるわけないでしょうが。私だって無事に余生を送りたいよ。

それでも私は後輩に結婚をすすめることがあるが、結婚した後輩のまず半分以上が、新婚の時代が終って、三、四年目を迎えた頃、こう言い出すんだ。

「先輩は結婚しろとおっしゃいましたが、こんなに大変だと思いませんでした」

そこで私は初めてこう言うんだ。

「そうだろう。結婚も、家庭を持つことも想像以上にきつくて辛いことだろう」

「じゃどうして結婚しろと言われたんですか？」

「当たり前だろう。**私がこんだけ辛い思いをしてる**んだ。この辛さを自分だけが味わうことは我慢ならんからだよ。**君にも、その辛苦を経験させたかった**からだよ」

と言って、ニンマリ笑うことにしとるんだ。

ここまでならただの性格の悪い先輩だが、結婚の真の価値がわかるのには、長い歳月を必要とするし、その価値観にも同じものがないということだ。

あなたに結婚をすすめた友人も、同じ気持ちじゃなかったのか。

その外国人妻とも同じ結果になるって。

生涯、独身でいいかって？　**いいわけない**でしょう。同じ苦労をしなさい。

Q

同僚の男性からモノをよく貰います。お菓子のお裾分けや、「実家から送ってきた」と果物を貰ったり。高価なモノではないので断りませんが、そのたびに「お返ししなければ」と悩みます。そもそも彼は私に気があってモノをくれるんだろうか、とモヤモヤします。気の利いたお返しのできない女子力の低い女なので、正直、迷惑でもあります。貰った時のあと腐れないお返しの仕方を教えてください。

（28歳・女・会社員）

OLさん。それはあなたの考え過ぎだよ。

たしかにあなたに気があって、相手がそうしていることも考えられるが、一度、他のOLさんも同様にされているか調べてごらん。人に何かをプレゼントして喜ぶ、そういう男はたまにいるんだよ。

それより〝女子力〟が低いとか、高いとか、そういう考えはやめなさい。**あなたにも必ず魅力はある**んだから。

あと腐れない返礼か。頂き物の三分の一くらいの値段で、あとに残らないもの（菓子、ジュース）を差し上げるのが常識だナ。

Q

営業マンです。入社時に先輩からゴルフに誘われ、週末ごとに練習場やラウンドに連れ出されます。しかしどれだけお金と時間を費やしても、まったく上達しません。上司や取引先の人から「握ろう」（お金を賭けよう）と言われ、安月給なのにどんどんお金が出ていきます。じっくり練習したいのですが、まだまだ仕事で覚えなくてはならないことが多く、ゴルフは後回しです。みんなどうやってゴルフを練習しているんでしょう。

（28歳・男・会社員）

二十八歳のサラリーマン君。会社の先輩に誘われて、ゴルフをするようになったのですか。

そりゃ良かったね。今はわからないだろうが、ゴルフを月に何度かできる生活は、それをずっと続けていれば、君が**六十歳くらいになった時、ゴルフというスポーツ、趣味を持っていたことを本当に感謝する時が来る**よ。作家の城山三郎さんは「私はゴルフを知ったことで十年長生きできたと思っています」とおっしゃったほどですから。

朝早く起きて、半日、自然の中を歩くことがいかに身体と精神にとって有意義なことかは、ゴルフをしない人にはわからないんだ。天気がイイと四季折々の花木も見ることができるし、空気もうまい。

私も四十五年ゴルフをしているが、ゴルフと出逢わなかったら、とっくにアルコール依存症か何かで倒れていただろう。

この三ヶ月ほど、私はシャンク病で、金を払って時間をさいて、なぜこんな苦しい思いをせにゃならんのか、と毎回タメ息を零しているんだが、実は、このタメ息と失望があるからゴルフはいいんだろうと思うんだ。

取引先との握りは別として、ゴルフにはお金がかかる面はありますが、相応の仲間とゴルフコースを選んで続けた方がイイネ。しかし、仕事を覚えるよりゴルフを覚えようとする奴は、そりゃダメな奴だ。君の現状が正しいんだよ。

上手くなるにはどうしたらいいか？ やめときなさい。**ゴルフの上手いのにロクなのはいない**から。

こころが真っ直ぐな人のボールは曲がる。こころが澄んだ人はシャンクする。これゴルフの常識だから。今のまま頑張りたまえ。

Q

独身仲間の友人が「ミニマリスト」（身の回りのモノをどんどん捨て、必要最小限のモノだけで暮らす生き方。若者の間で流行っているようです）生活を始めました。彼の家には今、布団しかありません。モノを捨てると「迷いが消える」「物欲が減る」そうで、お前もやれと勧められるのですが、正直、私は、物欲と煩悩のカタマリでして、先日もパソコンを衝動買いしたところです。新車に一軒家、ついでに可愛い奥さんも欲しい。先生は「ミニマリスト」をどう思いますか。

（45歳・男・配送業）

〝ミニマリスト〟

何のことじゃ？

まあ次から次に奇妙な言葉を引っ張り出して、いったい日本語はどこへ行くのかね。

三十年くらい前から、横文字をどこやらから持ってきて、本来の意味もそっちのけでいかにものような使い方をしとるが、それは言葉を曖昧にしとるだけだということがわからんのだろうか。バカタレどもが。

それで何だって？　そのミニなんとかで、身の回りのモノをどんどん捨てれば、物欲が涸れ、迷いが消える？

その程度のことで消える迷いは、迷いとは言わんでしょう。

いつもわしが言っとるでしょう。

すぐにカタがつくようなもんはすぐにまたおかしくなると。

すぐに役に立つもんはすぐに役に立たなくなると。

〝すぐ役に立つ本はすぐ役に立たなくなる〟とは小泉信三が『読書論』で述べていたものだ。大学の学長だった時に、そこに工学部をあらたに創設するので各企業のトップに寄附を募った。すると連中は「ともかくすぐに実践で役立つ工学の人間を育成して欲しい」と或る教授に申し出た。その教授が「**すぐに役に立つ人間はすぐに役に立たなくなります。**そんな人間の教育はできません。五十年後、百年後の日本の工学に役立つ人間を育てるのが目的です」と言った。それを聞いて、小泉はそのまま読書にも置き換えられる一文を書いたんだ。世の中でベストセラーと呼ばれているものは、半分以上がそういう類いのものだ。

それで配送業のあんたが、物欲と煩悩のカタマリ？

いいじゃないの。それが人間でしょう。

新車も欲しいし、一軒家も欲しいの。結構じゃありませんか。

ついでに可愛い奥さんもって？

言い過ぎだろう。**大人の男は、自分の面と中身を見てから口をききたまえ。**

ミニなんとかをどう思うかって？

そんなもんは屁でしょう。

わしは、車も、家も、通帳も、そんなもんいっさい持っとらんし、興味もない。自分のものと思っとるもんは、すべて幻想ということがわからんのかね。まったく。

わしらが乗る最終列車には、手荷物さえ持たされんのを知らんのかね。

Q

たまたま妻の買い物のレシートを見つけ、愛用の化粧品が一万二千円もすることを知りました。私の小遣いは月に一万円。倹約に倹約を重ね、同僚との呑み代などを何とか捻出する毎日です。それなのに、あのちいさな瓶が一万二千円……。どう贔屓目に見ても、一万二千円に見合う顔ではありません。思い切って妻を問い詰めるべきかどうか、この数日、苦悩しています。よきアドバイスを。

（52歳・男・会社員）


ご主人、あなたもう五十二歳でしょう。

その歳まで世間を見て、渡って来たのなら、たとえ家族のものでも、覗く必要のないものは覗かない方がイイ、ということは学んどるでしょうが……。

たまたまそれが女房の身の回りのもののレシートだったから、腹が立つ程度で済んだからいいようなもんだ。

どんな人にも、他人に言えないこと、他人に見られたくないもの、さらに言えば人知れず隠しているものがあるものだよ。

だから近しい人でも、こちらに見られたくないという気配のものが、偶然にしても自分の目に触れたら、そのままにして、**見なかったものと言い聞かせて、平然としておかにゃいかん**のだよ。それが**大人の男の常識**だから。

奥さんの化粧品の値段があなたの小遣いより何千円だか高かったくらいで、いちいち怒ったりしないの。ましてや、その化粧品を使う顔じゃないなんて言わないの。

夜中に起き出した女房の尻に大きなシッポが見えても、**見ぬ振りをするのが男**なの。

それが平穏を守るコツだから。

恋愛のかたちに同じものはない

Q

高校時代に好きだった人が、五十九歳で二年前に亡くなっていたと知りました。当時は世間話をするだけで精一杯。卒業して二度と会うことはありませんでした。でも、いつか会ってみたいと思っていました。すてきな大人の女になった自分を見てほしい。それが生きる励みになっていました。独身のまま還暦を迎えた今、若いうちに彼に自分の気持ちをぶつければよかった、と後悔することしきりです。

（60歳・女・会社員）

いい話ですね。何がいいかというと、一人の相手をずっと思い続けられたあなたのこころの在り方と、それだけ思っていられる人とめぐり逢えたことだね。よほど素敵な人だったんだろうね。

恋愛のかたちは、みんな違っていて、ひとつとして同じものはないんだ。その中でも、めぐり逢って、その人のことだけを思い続けることができた恋愛ほど崇高なものはないと思いますよ。

思い切って、お墓参りにでも行って、今のあなたを見せてあげなさい。そうして墓前でありがとうと言いなさい。

時間があれば、昔、その人と出逢った場所や町を歩いてみるのもいいかもしれないね。

あなたは若い時に、自分の気持ちを告白すればよかったと思うかもしれないけど、**そうしなかった、できなかったあなただから、今のあなたがある**のでは、と私は思うよ。もう戻れないことはわかっていても、大切にしなくてはならないものを、どれだけ経験できたかが、その人のゆたかさや、やさしさ（あんまり好きな表現じゃないが）や、人を許せるこころ（これも好きじゃないが）の幅を作ってくれるんじゃないかと私は思うんだ。

それでいいんだよ。

そうして旅から帰ったら、その人との思い出を箱の中に入れて、鍵をしっかりかけて、新しいあなたの出発点にすることだね。

Q

田舎の母が畑でとれた野菜を送ってくれるのですが、外食が増え、食べずに腐らせてしまうことも……。「美味(おい)しかった？」と気遣ってくれる母に「要らない」と言えません。正直に「送らないで」と話すべきでしょうか。　（19歳・女・大学生）

十九歳のお嬢さん。田舎のお母さんがわざわざ送ってくれるものは、ありがとう、とだけ言って、受け入れなくちゃダメだよ。

ましてやあなたのことを思って、こころを込めて作った野菜なんだから。

「美味しかった？」

と電話で聞かれたら、

「やっぱり、お母さんの作る野菜が世界で一番美味しい」

くらいは言ってあげなさい。

私も若い頃、東京で一人暮らしをしていた時、突然、母親からのダンボール箱がアパートに届いて、開けてみると、紅葉した秋のさまざまな、葉をつけた柿や、アケビ、モミジが、ひとつひとつ水を含んだ綿で切り口を包んで送られてきたことがあった。

「都会の一人暮らしでは、秋の色も見ないでしょうから」と短い言葉が小紙に書いてあって、アパートで一晩、その母親の字を見ていたことがあるんだ。

家族というものは特別な存在だ。

特に母親は、一日だって子供のことを考えない日はないのだもの。

外食が、なんて言わないの！

Q

憧れていた会社の先輩が結婚することになり、先日、婚約者を紹介されました。ところが二人のなれそめを聞いても曖昧で、同僚の話では「風俗店で出逢ったのでは？」というのです。大好きな先輩だっただけに大ショック。お祝いする気持ちになれません。そんな女性と結婚しても幸せになれない、私のほうが先輩を幸せにできるはず、と考えてしまい夜も眠れません。愚かな考えとはわかっていますが、思い切って先輩に「私と結婚して」と告白したい。仕事も手につかない毎日です。（28歳・女・会社員）

二十八歳のお嬢さん。あなたがこれまでどんな世界で、どんなふうに生きてきたかはわしは知らんが、水商売の女性は、そんなに違った目で見られる仕事をしている女性なのかね。風俗で働く女性は、あなたたちOLと、そんなに違ったことをしているのかね？

あなたと、わしが生きてきた世界がそんなに違うとも思えんが、わしは、夜の世界や、風俗の世界で生きてる女性を、特別な目で見ることは、まったく頭の中

にないんだがね。風俗という仕事が社会の中にあって、そこでしっかり働いていたんだから、何も人に後ろ指さされることじゃないだろう。生きるってことは、大人になれば、誰でもそれぞれの事情を抱えてしまうもんでしょう。それでも**彼女たちは生きるために頑張って、見事じゃないか**とわしは思っとるんだよ。

なぜ頑張ってるか？　それは彼女たちに、夢や希望があるからだよ。結婚すること。家庭を持って子供を育て、実りがある時間を獲得すること……。そういう夢や希望があるから、頑張っとるわけでしょう。

そういう人と結婚しても幸せになれないとあなたは思っとるらしいが、それはまったく逆で、むしろ幸せになる人の方が多いんだよ。

わしは、その先輩はなかなかの男だし、幸せ者だと思うよ。**一人の女性を引き受けるってのは過去のすべてを、いや過去だけじゃなくて彼女を取り巻くすべてのことを引き受けるってことなんだ。**あなたも、少し世間というものをきちんと見るようにしなきゃ。

Q

同い年の彼氏から「他に好きな人ができた」と別れを告げられました。相手は何と三十八歳の女性。知り合いの紹介で出会い、一目惚れをしたそうです。そこまで年上の女性に彼を取られたことが納得いきません。今まで年上が好きというそぶりも見せなかったのに、一体、彼に何が起きたのでしょう。騙されているだけではないか？　一時の気の迷いではないか？　という思いが心から離れません。

（20歳・女・大学生）

大学生のお嬢さん。お嬢さんが、どの程度、世間というものをご存知かはわかりませんが、二十歳の男が三十八歳の女性と恋に落ちるケースは、少しも珍しいことじゃありませんよ。というより、世間ではよくある恋のパターンですよ。

こういう恋は一日一件くらい起きてるんですよ。

今まで年上が好きだという素振りを見せなかった？

そりゃ、そうでしょう。**若い男なんてのは何も知らない**んですから、年上の相手に出逢ってみて、そこで初めて、年上の女性は若い女性より、ここも、あそこも、アッチも、全部イイーってなるんですよ。

相手に騙されてるんじゃないか？

勿論、騙されてるのかもしれません。

恋愛なんて、半分騙されているようなもんですから。

お嬢さんも、一体何が起きたの？　なんて言ってちゃダメだよ。他の女性に狂った男のことなんかサッサと忘れて、新しい人を見つけなさい。まだ若いうちに、こういうことがわかって良かったと思った方がイイでしょう。

最後に言っとくけど、三十八歳も二十歳も、たいした差はないからね。

あなたがその年齢になるのは、アッという間だから。

Q

二年半前、二十年余り勤めた会社をリストラされ、現在はアルバイトをしながら、実家で親の世話になっています。必死に職を探しているつもりですが、この年齢になると経験がすべて。経験を活かせる求人はほとんどなく、採用に至りません。人生、一度転んだらもうやり直せないのでしょうか。

（44歳・男・失業者）


四十四歳で、失業中かね。二年半、必死で探しているのに再就職先が見つからない！

そりゃ、あなた珍しい例だよ。どう探しているか知らんが、探し方が間違っとるんだよ。

ハローワークに書類を出しても、たいした仕事は見つからんよ。人材派遣会社に登録しても、これもたいしたことはないはずだ。

誰もがやってる方法で、何かをするというやり方が間違いなんだよ。

私が最初に就職した会社の社長が、新入社員にこうのたもうた。

「**人と同じこと、同じ発想で社会を見ていたら、人と同じ程度の人生しか送れないんだ。**ましてやおまえたちのように頭のわるい若者は、おまけに家が大金持ちでもないんだから、世の中でひとかどのことなんぞまずできないんだ。ならせめて人より朝早く起きて出社をすればそれだけでも何かがかわる。人と同じ時間に出社することはどういうことなのかを見てみろ。満員電車にもまれて、くたくたになるし、車にでも乗ってこようものなら大渋滞だ。それがたった三時間早く起きて行動すれば通勤は負担にならずに済むし、道だって空いている。おまけに掃除して朝から冷たい水を使えば身体もしゃきっとするしすぐ働く態勢がとれる。ための時間が余ったら新聞の読み方ひとつも違ってくるし、仕事の準備もできる。ためにならぬことは何ひとつないだろう。私の先輩の**企業人として一流と呼ばれた人**

たちは皆朝早く出ていた。わかったか。半人前の間に何かを人の倍やらねばダメなんだ。ただで社会勉強、人生勉強をさせてもらっとるんだ」

数年の間だったが、それが身についたことはその後の社会への考え方に大変役立った。今でもその社長に感謝している。

もう一回、若い時代に（四十四歳は十分若いんだが）返って、社会をもう一度よく見てみることだ。見ることとは、インターネットなんぞを覗くことじゃないぞ。

外へ出て、何でもいいからどんどん歩いて、世の中にはどんな人がいて、どんな仕事があって、社会がどう動いているかを、自分の目でたしかめることだよ。三ヶ月、半年、一年かけてもいいから、アルバイトの時間以外は、ともかく歩き回ってごらんなさい。思わぬ場所で、思わぬ人が、懸命に働いている現場があなたの目に飛び込んでくるはずだ。

そうしてそういう仕事の中に、あなたという人が活かされる仕事があるはずだ。

君はまだ若い。だから〝この年齢になると……〟という発想はしないことだ。

ともかく歩きなさい。

嘘じゃないから。犬だって歩けば棒に当たるんだから。

男の本当のやさしさは不器用で不恰好

Q

妻がインターネットの匿名(とくめい)掲示板で職場の後輩を中傷していることに気づきました。自分の娘とさほど変わらない年齢の後輩を執拗(しつよう)に攻撃しており、普段、良妻賢母で仕事と家事を両立させている妻の姿とまるで違っていることに驚いています。妻を追及し叱責するべきか、それとも見ない振りをすべきでしょうか。

(50歳・男・会社役員)

ご主人、あなたも五十年生きてきているのなら、人間という生きものがいかに厄介(やっかい)かということも、人は誰もが他人に言えないような行動をしてしまうということも、ご存知でしょう。

奥さんのなさってることは、これは人として許されないことです。

しかしそこに何らかの事情があるのだと、少なくとも家族や、友人、近くにいてその人をよく知っている人は考えるべきです。

ではどう対処したらいいのか？

菊池寛の短編に『狐を斬る』という作品があって、内容は一人の初老の浪人の話です。その浪人はおだやかな人物で、読み書きの素養があり、川柳狂歌などもたしなみ、文人仲間も多かった。妻子はありませんが、身の回りの世話をする若い小間使がいて、いつの間にか男女の仲になっていました。周りの人にも彼女を奥様と呼ぶ人がいます。ところが、或る日、女中が浪人に耳打ちして、「越後屋の手代が奥様のもとに忍んで来ていて、どうもおかしい」という。後日、狐を農夫から買い求めた浪人は、家の庭で「手代を成敗してやる」という声を出して狐を切り捨てます。そして夜の句会に来ていた大勢の客の前で「宴の興をさまたげて申し訳ないが、屋敷に侵入した越後屋の手代を成敗した」と言いました。人々は狐が手代の姿をして妻女をたぶらかしていたと信じるようになり、手代は屋敷に近づかなくなりました。浪人は妻女にまとまった金を渡して、他に縁づくように言い、いとまを取らせたという話。

なぜ、この作品を紹介したかと言うと、**あなたの奥さんの身体の中にいる狐を斬るという発想で、解決できないか**と思ったのです。

菊池寛のこの作品は亡くなった向田邦子(むこうだくにこ)さんも好きで、**男の本当のやさしさというものは、不器用で、かっこよくないものではないか**とも述べています。

家族である限り、奥さん一人に火の粉をかぶらせることは間違いだと思います。自分も恥をかくつもりで対処法を考えてみてはどうでしょうか。

Q

春に四国から上京し大学に入ったばかりの新入学生です。休みを利用して旅に出たいと思うのですが、これまで親と一緒の家族旅行しか経験がなく、そもそも先月まで四国から出たことさえありませんでした。旅といってもどこに行けばよいのか、飛行機にちゃんと乗れるのか、不安ばかりです。どうやって行き先を決めたらよいのでしょうか。

（18歳・男・大学一年生）

今春、親元を離れて、初めて一人で勉学の徒となったのかね。休みを利用して旅に出ようと思っとるのかね。そりゃいい考えだ。学舎の中での学問にも意義はあるが、私は、**学問の基本は、最後は独りで拓いていくものだ**と思っています。どんな類いの学問にせよ、すべての人が学ぶ命題はひとつで、それは〝**人間はどのようにして生きていけばよいか**〟という一点です。

それを考えると、学校の中で、それがすべて学べるはずがありません。もっと手っ取り早い方法を言えば、自分以外の人はどうやって生きているかを見る方がいい場合もある。だから昔から、若いうちにさまざまなものを見よ、若い時に旅をしなさい、と先人は言うのです。

では旅をして何が見えるか？

勿論、あんな土地もあればこんな生活もある……といったことも大切ですが、実は旅をし、人々を見ることで、自分がまだ何ひとつできない青い若者でしかないということを、身をもって教えられるのです。

外へ出れば、それまで家があり、家族が守ってくれていたこと、故郷に抱かれていたことを痛感します。**若い時の旅は、己（おのれ）が何者でもないことを知る一番の勉強**なのです。

それを知って、あらたに歩き出すわけだ。

小難しいことを聞かされたナ、と今は思うだろうが、いずれ君にもわかる。

さて今、私が話したことを前提に、最初の旅を決めるひとつの方法を教えよう。

まず日本地図でも、世界地図でもいいからひろげて、君が行ってみたいと思う場所を探し、想像してみることだ。いくつかの候補地を本屋で調べ、どんな土地かを簡単でいいから知って、あとは自分を待ってくれている気がする場所へ旅立ちなさい。それで旅ははじまる。但し、若者の予算で、一番安いチケットなり宿を探す。分不相応な旅はしない。

そこでどんな人間が、どんなふうに生きて、暮らして、笑い、活き、嘆いているかを、実際に自分の目で見ることだ。そうすれば君の中に眠っていた何かが目を覚まし、世の中って何だ？　国家とは何じゃい？　自分とは何者なんだよ、ということが少し見えてくる。

最後に私の好きな言葉を紹介する。

〝人間としてこの世に生まれてきて、旅は私たちに与えられた最上の贈物である〟

Q

小学二年の娘が俳句に興味を持っています。正岡子規、服部嵐雪(はっとりらんせつ)が好きみたいで、「梅一輪一輪ほどの暖かさ」などと絵入りカードを作って楽しんでいる様子です。しかし私がまったく俳句を知らず、「お母さんの好きな俳句は？」と訊かれて、何も答えられないのです。俳句の面白さって何でしょう。どうすれば興味を持てますか。こっそり勉強して、娘を驚かせたいのですが……。

（43歳・女・主婦）

お母さん。我が子に何かを学ぶ機会、新しいものを身に付けるチャンスを与えられることは、子を持つ親としては、かなり上等な贈物をもらったと思いますぜ。

俳句の良い点は、お母さんが普段使っている日本語を五、七、五の十七文字に組み合わせることで、ひとつの句になってくれることです。あとは季語（季節の言葉という意味）だが、別に俳句歳時記なんぞにこだわらなくてヨロシイ。

今、毎日、暮らしている生活の中で、目に見えたもの、出来事でも、何となく嬉しかったり（たまにせつなかったり）したことを、素直に十七文字に入れてみればイイ。

遠い日、少女の時のことでも、初恋のことでもイイ。何でもありが俳句のいい点です。

あとは毎日ではなく、週にひとつ、季節ごとに十句を一年かけて小紙に書きとめておけば、読み返してみて、いい時間になるでしょう。

では最後に私の好きな俳句を。

六月を奇麗な風の吹くことよ　正岡子規
月天心(つきてんしん)貧しき町を通りけり　与謝蕪村

Q

たまたま職場の女性と二人で食事すると、「二人だけなんて、浮気したいんでしょ」と問い詰めてくる妻。なのに自分は平気で幼なじみの男と二人で出かけ、私が文句を言うと、「私が浮気するはずない。妻を疑うのは自分にやましい気持ちがあるから」と逆に責めてきます。私が「自分の言葉には責任を持て」と返すと、「心の狭い人ね」。自分勝手な妻とのやりとりに、もう疲れてしまいました。

(65歳・男・会社員)

ご主人、あなたももう六十五歳でしょう。いったい奥さんと何年、どうやって暮らして来たの?

職場の女性と食事をしたなどと、いちいち奥さんに言うバカがどこにいますか。訊かれれば、仕事の相手と食事したとだけ言えばいいんですよ。

次に奥さんが、誰と食事をしようと放っときゃいいことでしょう。

あなたは〝自分勝手な妻〟とおっしゃるが、**自分勝手じゃない女房が、この世の中のどこにいるの?**

おそらくご主人の行動を、そんなふうにおっしゃるのは、あなたのことが気がかりでしょうがないってことですよ。

こころが狭いのね、なんて口にするのも、奥さんが自分のことを言ってるんでしょう。

ここまで書いて、どうしてわしが他所(よそ)の夫婦のたわいもない会話のことで、いちいち頭を使わにゃならんの？　**イイ加減にせんかい**、と、そのうち怒鳴るよ。

Q

パリ在住三十八年。主人も日本人ですが、定年後も帰国を望まず家族でパリ暮らしをしています。私自身はパリで就職し結婚、二人の子育てをしましたが、「老後は日本で！」と決め、働いてきました。今後は日本に住む九十四歳の母の面倒もみたいと思っています。しかし夫も息子たちも孫もみなフランス生活を希望。私だけが日本で暮らすのも寂しく、日本とフランス、どちらを終(つい)の住処(すみか)にしたらよいのか悩んでいます。先生は、終の住処についてどうお考えですか。

（65歳・女・会社員）

そりゃ奥さん、家族とともに暮らすのが一番だよ。

しかし初めに海外で住む折に、いつか日本へと思っていたのなら、それを実行するのはかまわんのじゃないか。

ご主人、息子さん、お孫さんがパリで暮らしたいと希望していても、あなたの気持ちを正直に話してみて、皆の意見に耳を傾けてから判断すればいいんじゃないのかね。

〝終の住処〟をどう思うかって？

〝終の住処〟って言葉は、誰か他人が見て口にしたり、当人が死んでからそう言われたりする家のことだろう。ありゃおかしな日本語だよ。

Q

ある日、「週刊文春」を開いてビックリ！　自分の勤める会社（どことは申せませんが）が文春砲に撃たれているではありませんか！　そこから連日の会議、問合せへの対応、取引先への説明と、忙しない一週間をおくりました。幸い、何事もなく通常業務に戻りましたが、誰かが情報を文春に流したのでは？　と疑う人もいて、職場の空気が妙な感じです。それまで毎週、会社で「悩むが花」を読んで大笑いしていたのに……。今後、社内で文春を読んでも大丈夫でしょうか。

（43歳・女・会社員）

ハッハハ、週刊文春砲の弾が、あなたの会社を直撃したのかね。

ハッハハ、そりゃ大変だったね。

世間で起こることを、対岸の火事なんて考えておってはイカンのだよ。**毎日、テレビ、新聞、雑誌で見たり読んだりすることは、明日、自分たちにも起きることだと考えて生きるのが、大人の生き方**でしょうが。

それで騒ぎは一段落したのかね。

よかったじゃないの。ご苦労さん。

それで何だって？

その騒ぎ以降、文春に誰かがリークしたんじゃないかって噂も出て、社内でこの雑誌を読むのがはばかられるって？

何を言っとるの。

もう火事はおさまったんだから、前と同じように読めばいいんじゃないか。

この雑誌がいつも正しいなんて、わしも世間も思ってやせんから。どんどん読みなさい。

〝生きざま〟は余計なものでしかない

Q

奥さんを亡くした市川海老蔵さんの会見を見て、思わず涙がこぼれました。実はうちの家内も闘病中で、もう病院からは戻れなそう。しかし長年連れそった古女房ですから、見舞うたび「クソババア」とか「早く成仏しろ」とか、憎まれ口を叩くばかり。今さら「愛してる」なんて言えません。でも、こんな俺とよく結婚してくれた、よくぞ息子を育ててあげてくれたと感謝しています。私も家内が死ぬまでに「ありがとう」と伝えたいのですが、うまいやり方が見つかりません。

（65歳・男・自営業）

奥さんにそれだけ感謝しているなら、今までどおりの憎まれ口を叩くような会話でいいんじゃないですか。

妙に改まって「愛している」とか「ありがとう」と口にすると、かえって奥さんを切なくさせてしまいますよ。

あなたたち二人が交わしている会話は、長い時間、夫婦でこしらえてきたものですから、大切にしなきゃ。

それに、それだけの会話が病院の中でも続いているのなら、奥さんは十分、あなたの思いをわかっているということです。

二児の母親でもあった歌舞伎役者さんの奥さんの、今回の別離は大変に切ないことですが、ブログの公開は、同じ立場の人たちを勇気づけるという考えからそうされたのであって、本当はそうしたくなかっただろうと私は考えています。

夫婦の気持ちを世に発信するという在り方は、よその家族のことです。

あなたたちはあなたたちのやり方で毎日を送っていくことが大切です。

会話というのは、夫婦がこしらえた大切な情愛のかたちです。

憎まれ口をきいて笑い合うなんて、最高の夫婦じゃありませんか。

Q

寝ている間にパンツを脱いでしまう主人に悩んでいます。昔からパジャマ嫌いで肌着とパンツのみで床に就くのですが、それさえ嫌なのか、無意識のうちに脱ぎ始め、朝には全裸で寝ています。シーツも布団も全裸だと汗ですぐ汚れるので困ります。

（52歳・女・主婦）


ハッハハハ、それはなかなかの寝相をしておられるご主人ですナ。

私も一度、男同士で旅へ行き、相部屋になった男が、翌朝そういう姿で、隣りのベッドでシーツを蹴散らかして寝ていたことがありましたよ。そりゃ少し驚きましたが、**そういう寝癖のある男性は案外と多いん**です。

子供の時だけのことと思っていましたが、大人になってもそうなる男性がいるのを知って、人間の癖(くせ)というものは面白いもんだと思いました。私の友人にもいます。連中曰く、気持ちがイイらしいんですナ。

奥さん、あなたのご主人だけがそうじゃないんだから、何も心配する必要はありません。

シーツが汗で汚れるとおっしゃるんなら、バスタオルか何かを敷いて、最初から裸で寝させりゃいいんじゃないですか。そうすれば、朝起きた時、パジャマを着ているってこともあるかもしれません。

寝間で、電気を消してから起こることは、他人に話さないのが常識ですから。これっきり黙認しなさい。

作家の佐藤愛子さんのお兄さんである詩人のサトウハチローさんは、寝間どころか、昼間でも家の中で全裸でいらしたそうです。

佐藤家に原稿を取りにきた新聞社の女性記者がずっと下を向いていたそうで、愛子さんが「前くらいは隠しなさい」と注意したそうです。

何と言うことはありません。原始時代は皆、全裸だったんですから。

Q

伊集院先生、〝生きざま〟って何ですか。四十歳になり、自分の人生に何もないことに気づいて愕然(がくぜん)としています。先生の生きざまは、小説ですか、ギャンブルですか、それとも酒や女にあるのですか。

（40歳・男・会社員）

君ね、〝生きざま〟なんて言葉をどこで覚えたの？ そんなもん、大人の男が生きて行く上で、いちいち口にする類いのもんじゃないだろうよ。

〝生きざま〟とか〝本音〟とか、そんなのは余計なもんでしかないだろうよ。

小説も、ギャンブルも、酒も、女の人も、わしには突進して行くもんで、斜に構えて見る余裕なんてあるわけないだろう。

手前の人生に何があったかなんてのは、死ぬ間際にチラッと振り返って見て、何もなかったナと思って死ぬの。

Q

先生は女性の三人に一人が「水虫」だとご存じですか？　実はウチの妻も水虫。正直、気持ち悪くて近寄れません。最近は一緒にお風呂に入らなくなりましたし、日課だったマッサージもやめました。いまは夫婦生活もありません。妻は皮膚科に通って、懸命に治そうとしています。励ましてあげたいのですが、今さら「頑張って」と口にするのも気まずく、どうしたらよいかわからないのです。

（32歳・男・会社員）

三十二歳の若いご主人。あなたにまず言っとくけど、人の身体に起こったこと、それ以前の身体の特異な性質に対して、大人の男は、過ぎるほど慎重に行動、発言をしないと、あとでひどく後悔するし、第一、あなたの人間としての真の価値を問われることになるよ。

わしは人の身体に起きてること、持ち合わせて生まれたものを平然と悪く言う輩を目にすると、情けないのを通り越して、ブン殴りたくなるんだよ。

言われた相手の気持ちを少しも考えもせずに、傷つけるような言葉を口にしたり、発想したりする奴は、極刑に処さねばいかんと思っとる。ましてやその相手が、あなたのことをいつも気にかけ、つくしてくれている家族、奥さんなら、口が裂けても気持ちが悪いとか、ニオイが嫌などと言ってはダメだろう。

それに奥さんは水虫を懸命に治そうとしてるんだろう？　今の医学なら治るに決まってるだろうが、それで治ったら、また一緒に風呂に入るし、マッサージもするんだったら、おまえさんは奥さんの、その家の何なんだ？

王様か？　殿さまか？

バカも休み休み言いなさい。

そんな気持ちでいることが発覚したら、おまえさん捨てられるよ。

夫婦になるってことは、相手のすべてを受け入れると同時に、この先相手に何があろうとすべてを守ってやるということでしょう。

たかが水虫くらいで、バカか、おまえは。

奥さん、今のうちに捨てた方がいいよ、そいつ。

Q

我が家に高校球児の息子がおります。息子の学校は県立の進学校でありながら野球も強く、たまに甲子園にも出るような古豪です。私としては息子には勉学に励んでほしかったのですが、二年になると成績は急降下。肝心の野球もずっと補欠で、公式戦に出たことさえありません。本人は熱心に練習しているようですが、今年は三年だし、野球をやめさせようかと迷っています。（50歳・男・自営業）

——

県立の名門校に入ったら、勉学に専念して欲しいと願うのが普通の親の考えでしょうが、よく息子さんが野球部に入ることを許可しました。

お父さんは**エライ!** 何がエライかというと、高校生の年齢で、教師も、親にも教えられないことが、運動部を続けることで間違いなく得られるからなんです。

何が得られるか?

一番は**体力**です。県立とはいえ野球の強豪校ですから、練習は厳しいでしょうが、おそらくこの年頃の若者の成長について科学的データも取り入れてメニューを組んでいるでしょうから、故障も少ないはずです。

二番目は、体力と野球の能力を高めるため脱落することなく練習を続けていくには、何より**精神力**が必要です。これは日々の練習で培われるものです。強い精神力は一日ではできません。

三番目は、他人を常に意識して過ごすことで、応援する姿勢、他人を誉める考え、そこから**友情**も生まれるはずです。**これらのものは教科書を読んでも得るこ**

とができません。

さて、お父さんが懸念している息子さんが補欠の控え選手ということですが、それは息子さんに与えられた現実です。この現実を若い時にどう受け止め、いかにそこから逃げずにやり通せるかが、息子さんのこの先の人生に大きく影響します。

私も、中、高、大学と野球部に所属しました。その経験のおかげで、この歳になっても、あの時の辛い練習に比べれば、と自分を叱咤でき、何とか乗り切れるのです。

今でも時々、大学の同級生と逢うのですが、**野球を終えてからの人生が大切**で、そこでも堂々とやり通し、大きな企業の副社長になった人や、商いをきちんとしている人には、実は現役の時、控えであった選手が多いんです。

私にはその理由がわかります。黙々と目の前の仕事、目標をこなし、志を決して捨てない強い精神力を、彼等はクラブ活動の時に獲得していたのです。

スター選手の大半は人生に失敗します。アマチュア野球というものは実に奥が深いのです。どうか息子さんに野球を続けさせなさい。

長い人生のほんのわずかな数年、何かに耐える時間を持つことは、決して悪いことではありません。素晴らしい宝物を彼は得ると思います。

Q

十五年間、蒸発していた実兄が、突然、実家に戻ってきました。かつて奥さんに暴力を振るい、子供を放ったらかし、ギャンブルと女の人にのめり込んだあげく姿を消したのです。奥さんとは別れ、子供は高校三年になっています。いま三十八歳で、食い詰めて「家族に合わせる顔がない」と、親に泣きついてきた兄を許すことはできません。実家に居着いてほしくないのですが、どうすればよいですか。

（37歳・女・主婦）

奥さん、そのお兄さんを黙って迎え入れてあげなさい。
そこにしか帰る場所がなかったのです。
当人も「家族に合わせる顔がない」と反省しているなら、許してあげるべきでしょう。
当人が自分のしたことが何だったのかを一番わかっているのでしょう。
家族に暴力を振るったことも、ギャンブル、女にのめり込んだことも、すべて忘れておあげなさい。これは敢えてそうしないとできませんから。

人が人を許すという行為は、なかなかできはしませんし、心底許すということが本当に可能なのかは私も疑問を持ちます。むしろ赤の他人の方がやりやすいとも思います。

だから敢えて許そうとする方が良いように思います。

同じことをまたくり返さないでしょうか?

可能性は十分にあります。

それでも今回は許しなさい。次はもう許す必要がないのですから。

ただし親は何度でも許しますよ。

読書とは素晴らしい航海である

Q

戦争中、東京にたくさん爆弾が落ち、多くの人が死んだと先生から教わって興味がわきました。戦争中の日本はどんなだったのか、どんなふうに暮らしていたのかを調べて、夏休みの自由研究にしたいと考えています。でも、うちのおじいちゃん、おばあちゃんもみんな戦争が終わってから生まれていて、戦争のことを知っている人がまわりにいません。どうやって勉強を始めたらよいですか。

（9歳・女・小学三年生）

小学三年生のお嬢さん。あなたが学びたいと思っていることは素晴らしいことです。

私も、あなたの年齢の時、学校の図書館で太平洋戦争のことを勉強させられました。

半分は先生から言われてのことでした。あなたはそれを自分からすすんでやってみようとしているのだから、私よりずっと偉い！

あなたの言うとおりで、家族の中にも戦争を体験している人がいなくなっています。

そのかわりに、子供が学べる教材は日本にはたくさんあります。

その教材、本、写真集、コミックなどは図書館が一番揃っています。図書館へ行き、図書館員の人に、太平洋戦争について勉強したいことと、当時の人々がどんな生活をしていたかを知りたい、と言えば、良い本を数冊教えてくれます。図書館が近くになければ、本屋さんへ行って店員さんに同じように言えばいいでしょう。

今は子供でもわかりやすい「日本の歴史」シリーズのいろんなタイプがあります。コミックもあります。

私のオススメは、アニメーション映画にもなった『火垂るの墓』（野坂昭如著）。児童向けも出版されています。

東京にたくさんの爆弾が落とされた時のことなら『ガラスのうさぎ』（高木敏子著）がイイでしょう。同じ頃、東京の上野動物園で、たくさんの動物が逃げ出すと危険だというので薬殺処分をされました。それを題材にした絵本『かわいそうなぞう』（つちやゆきお文、たけべもといちろう絵）、文章で読むなら『象のいない動物園』（斎藤憐原作、高橋洋文）も勉強になります。

私は故郷が広島に近かったので、原爆症で亡くなった少女のことが書いてある『折り鶴の子どもたち』（那須正幹著、高田三郎絵）を読んで、人間はどうしてこんなおろかな戦争をしたのだろうと思いました。

夏休みになると、どこの図書館でも戦争のコーナーを作っています。そこで写真集や絵本、児童書が紹介されていますから、訪ねてみるのがイイでしょう。

最後に、戦争のことを学ぶと、**少しショックを受けることがありますが、本当のことを学ぶということはそういうものですから、**ガンバッテ。

Q

雨が多くてイライラしています。ゴルフに行けばスイングした拍子に転び、通勤している時も水たまりの泥ハネでストッキングをダメにするし、もう降らないで！　と叫びたい気分。どうして日本はこんな雨ばかり降る国になってしまったのでしょうか。泥をハネて走るタクシーに思わず石をぶつけたくなります。

（26歳・女・会社員）

たしかに雨の多い夏でしたナ。ビアガーデンも、海水浴場も、プールが自慢の遊園地も大変だったようだね。

若いあなたも、この夏の長雨のせいでいろいろ嫌な日に遭ったんですネ。

どうして日本がこんなに雨ばかり降る国になったのかって？

わしが思うに、**天気が悪くなりはじめたのは、テレビにおかしな気象予報士があらわれた頃からじゃないのかね。**

見るからにおかしい輩が、天気図の前で、わかったような顔と口振りで、天気の話をしてるでしょう。そのほとんどが、天気が悪くなる話ばかりでしょう。それをまた嬉しそうに話すのを聞いてると、**この予報士の頭にカミナリが落ちろ、**とわしは怒鳴ることにしとるんだよ。明日は子供の運動会って時に、雨が降るなんてことを当然のように口にできる奴は、人間じゃないでしょう。

あの連中は、どこかに集まって、集団で天気が悪くなるよう祈ってると、わしは思っとるんだよ。

お嬢さん、タクシーに石をぶつけるんなら、それを気象予報士にやりなさい。

一度、気象予報士をひとつの部屋にまとめて入れて、**上からバケツの水をどっさりかけてやらにゃイカン**よ。

Q

小学五年の息子をもつ主婦。夏休みの読書感想文の書き方を教えてください。息子に課題図書を読ませても、「感想は特にない」とか「よくわからなかった」といった反応で、本人まかせでは一行も書けません。といって、私自身、感想文の書き方を教えられないのです。高学年ともなると、かなりしっかりした小説や伝記が課題図書。読むと面白いのですが、いざ感想をと言われると、私にも「感激した」程度のことしか頭に浮かばず……。読書感想文をうまく書くコツはありますか。

（42歳・女・主婦）

小学五年生の息子さんの読書感想文が上手くいきませんか？

私も子供の時、読書感想文を書きなさいと先生から言われて、本を読んでも（元々、私は本を読むことが好きではありませんでしたし、本を読むのが好きだという子供がいるのを知って、宇宙人か、こいつはと思ったぐらいです）、どうしたら感想文を書けるのかわかりませんでした。

「ここが良かった」「ここが面白かった」と思ったことを書きなさい、と先生から言われても、何に対して良かったのか、何に対して面白かったのかがよくわかりませんでした。

お母さんの息子さんも、その時の私と同じなんだと思います。

感想文はこう書けばイイというマニュアルがある時代ですが（私の時はありませんでした）、それにのっとって感想文を書かせると、それは息子さんが発見したものではなくなってしまいます。

大切なのは、イイ感想文を書く息子さんであって欲しいのか、そうではなくて息子さんに本を読むことの楽しさ、読書に対する興味を深めて欲しいのか、どっちを取るかということです。

勿論、感想文の宿題が最悪というのはイイことではありませんから、感想ということについて少し話してあげることです。

「ねぇ、母さん、この本を読んで泣いちゃった。いろんな人が一生懸命生きてるんだ、私も頑張ろうと思ったのよ」と、具体的に話してみてはどうでしょう。

読書というものは、一冊の書物にめぐり逢った瞬間から、何も知らない人、子供が、書物の海へ航海に出るということです。その航海が子供にプレゼントしてくれるものの大きさは、計り知れないものがあります。**ゆたかなこころを持つ始まり**にもなります。想像もしなかった素晴らしい世界を与えてくれます。おそらくこの先どれだけ映像が進化しても、本を読んで人間が想像力をかきたてられ、感動する行為にはかなわないでしょう。

お母さん、感想文を上手く書くコツなんか教える必要はありません。

息子さんが素晴らしい航海をできる、一冊の本を与えることです。

Q

家内は絵が好きで、美術館巡りが趣味。私が七月に会社員生活をリタイアしたので、一緒に行こうと誘ってくるのですが、私には絵画の良さがさっぱりわかりません。正直、絵など「女子供の見るもの」と軽く考え、まったく勉強をしてきませんでした。家内から絵に対するウンチクを聞かされ、その教養に驚くやら感心するやら。不調法（ぶちょうほう）な人間ですが、この歳になっても美術の面白さがわかるようになりますか。家内に内緒で勉強してみたいのです。（65歳・男・元会社役員）

そうですか。奥さんは美術鑑賞が趣味なんですか。それは良い趣味ですな。

それで、この七月に仕事からリタイアしたご主人を、一緒に美術館へ行こうと誘うわけですね。いいじゃありませんか。

何ですって？　ご主人は絵画、美術にこれまでまったく興味がなかった？

美術鑑賞をしたこともない？

絵なんぞは、女、子供の見るものと思っていらしたんですか。そりゃちょっと言い過ぎですが、ご主人のように考えている人は世間には案外と多いんです。ですから、まったく絵画、美術に興味を抱かなかったことはおかしなことじゃありません。

奥さんがそれほど美術に詳しいのでしたら、奥さんから教えてもらうのが一番でしょう。

いやそうじゃなくて、奥さんに内緒で美術の勉強をして、少し驚かせてやりたいわけですナ。

絵画を鑑賞することは何ひとつ難しいものではありません。大人でも子供でも、**本物の絵画の前に立ってしばらく眺めていればそれで十分**なのです。まずは作品を見て、自分が感じたままのことを思えばいいんです。

肖像画なら「ずいぶんとやさしそうな顔をした女性だナ」とか「元気そうな老人だ」という感じでいいんです。「おや、怒っているのかな？」「ユーモアのある鼻じゃないか」で十分です。絵を描いた画家が何世紀の人でどういう生涯を送ったか、などということは、知る必要もありません。ただ絵画を眺めて楽しめばいい

いんです。退屈したら、美術館の庭で休めばいいんです。ただ眺めることを続けていると、これが面白いもので、

――この絵、何となく好きだナ。

という絵があらわれるものです。

「おい、おまえ気に入った」くらいの気持ちでいいんです。そうしていると、絵が面白く思えてきます。

私も美術鑑賞は好きで、十年近くヨーロッパの美術館を巡る旅をしました。そうして私が出した結論は、とにかく自由に絵を眺め、今日はこの絵を見ることができて楽しかった、と思えるのが一番ということです。

そのうち**作品の方からやって来る**日が来ますから……。本当です。

Q

片思い中の女の子がいます。その子以外の女子には笑顔で話せますが、本命の子が話しかけてくると素っ気なくしてしまいます。この前、自分の態度が原因で「○○君は怖い」と彼女を泣かせてしまいました。どうしたら彼女の前でありのままの自分を出せますか。恋とは簡単に逃げてしまうものですか。

（11歳・男・小学五年生）

一

十一歳の君が、今や不倫をあばく専門誌となったこの雑誌を読んどることも驚きだが、恋の相談相手に、この極楽トンボと呼ばれとるぐうたら作家（極楽トンボもぐうたらも知らんとは思うが）を選んでくれたことにも驚愕しております。

とは言え、恋に、少年も、兄チャンも、大人も、ジイサンもありません。**年齢は関係ナシに、恋は大変なんだナ。**

君、彼女のことを思うと、夜眠れないことがあるでしょう。

イイネェ〜。実にイイ。

片思いってのは、これが切なくて（意味わからんだろうが）、狂おしいもんなんだヨ。

極楽トンボにも同じことがあったかって？

――アル、アル、もうアル中でしたよ。

片思いだらけで、告白すりゃ振られるし（好きじゃない、むこうへ行ってって意味だ）、笑われるし、ひやかされるし、だったたよ。笑ったガキ、ひやかしたガキを殴って回るほうが大変だったくらいじゃ。

それで、その子が目の前にあらわれると、他の子の時のように笑ったり、冗談が言えなくなって、逆に怒ってしまったりするんだ？

——イヤ～、イイ。実にイイ。

わしの場合は、片思いの女の子があらわれると、急にヨダレが出て、キタナ～イ、と叫んで逃げられたんだが、君の場合は、純粋だナ。

わしは、君の彼女への思い、立派だと思う。尊敬いたします。

さて、君の相談の、どうしたら好きな女の子にありのままの自分を出せますか？　ってことだが、そんなに考えることじゃないよ。

彼女と二人になった時、彼女の目をきちんと見て「ボクは君が好きです」と言えば、それでイイ。ありのままの自分をわかってもらいたいなら「このあいだ怒ったように、怖いように見えたのは、好きだったからなんだ」と付け加えれば、それでイイ。

そして最後に、恋とは簡単に逃げてしまうものですかって質問だが、君だけに話しますが、女の子の気持ちと、山の天気はすぐに移ろうものだからネ。それでも大丈夫。女の子の方が男の子より数多くいるから。

ともかく成功を祈るよ。トラトラトラ。

いろんな家族があって、世間

Q

会社員一年生です。早く仕事を覚えようと頑張っているところですが、訃報連絡がたびたび入ることに驚いています。取引先の偉い人に不幸があった時は「社内でとりまとめて代表者が参列」と決まっていてまだいいのですが、上司や先輩のご家族が亡くなったことまで連絡がくるので、お葬式に行くべきか？ 香典の額は？ と悩みます。上司、先輩でも、会ったことのないお父さんお母さんのお葬式にまで参列してよいものでしょうか。

（24歳・男・会社員）

そうですか、社会人一年目で、ガンバッテルわけですナ。

社会人になると、それまで経験したことがないことにいろいろ出逢うでしょう。

それは当然だわナ。仕事を覚えることは使命だから、これは懸命にせねばならんが、**社会人になるということは単純に働いて給与を貰うことではないからね。**

同時に、社会人になったからには、社会とは何であるかを自分の目で見て、社会の実態を理解し、一人前の社会人となることも大切なんだ。

ハイ、それで訃報の報せがたびたび入るのに驚いたのかね。

それは当たり前だ。新聞の訃報欄を見ればわかるでしょう。

一人の人間の死というものは、大きなものだ。それは人にとっても、会社にとっても大きいものなんだ。そのために会社には関係者の葬儀、法要の基準ができとるのだよ。

取引先のお偉いさんは、これは会社が規範にのっとりやってくれるからいいわナ。会社の上司、先輩の不幸も、これはわかるわナ。では、そういう人たちのご家族が亡くなった時どうするか？

入社から世話になっている上に、そのご家族と挨拶を交わし、応援してもらっていたケースは、これはなるたけ出席すべきだナ。

逆に、逢ったこともない父上、母上、祖父母のケースは、君とその上司、先輩との関わり方で判断するべきだナ。

次に、出席するとして、香典の額、精進落としの席に残るかなどは、身近な先輩に聞くことだ。

香典の額に関して言うと、社会人一年目の君が、たとえひとかたならぬ世話になっていたとしても、身分不相応の額を包むのは間違いだ。過ぎる金を差し出すのは世間知らずと思われる。一年生の君なら三千円でよろしい。千円でもかまわん。一万円、五千円は多過ぎる。

私は若い人が香典を包むことすらおかしいと思っているくらいだ。なぜなら君たちはまだ薄給なのだから、生活に影響するような金を出させることが社会の風潮になってしまったら、それはバカな社会でしかない。

私は若い人は出席するだけでいいと思う。

こういうことは会社で規範をこしらえて、入社三年目までは格別の事情がない限り、香典包むべからず、とすべきだろうナ。

香典より大切なのは、あなたが**こころからその人の冥福を祈ることと**、家族にとっては厳粛な席だから、**しっかりとした態度をくずさないこと**の方が肝心だ。

Q

父が亡くなりましたが、主人と主人の両親（義父母）が葬儀に来てくれませんでした。理由は「仕事が忙しいから」「高齢だから」。いくら仕事が忙しくても、妻である私の親の通夜・告別式に参列しない主人は、人としてどうなのか、と思います。これまで私の親と主人の親との間に何かあったわけではなく、単に葬儀に対する考え方の違いのようですが。

（50歳・女・自営業）

前の相談でも述べましたが、一人の人間の死というものは大きな出来事ですから、あなたの父上の葬儀に、ご主人と、彼のご両親が出席されなかったのは、さぞ驚かれたことでしょうな。

欠席の理由が、仕事が忙しいので、とご主人が説明されたのなら、それは黙って受け入れるべきでしょう。

またご主人のご両親が、高齢であるので、と言われたのなら、これも受け入れるべきです。

どうして受け入れるべきかと言うと、高齢者が葬儀に無理をして出席し、長時間耐えられなくて容態を悪くしたりすることは、たびたび起こることだからです。おそらくそうした経験を義理のご両親はお持ちなのだと思います。そう考えて、今回のことを受け入れるのが常識です。

ご主人の仕事が忙しくて、どうしても時間が取れなかったのも事実でしょう。妻の父上の葬儀なのだけど、自分がその仕事の場から外れてしまうことができない、ここは妻と親族に申し訳ないけれど欠席させてもらう、と決めたご主人の胸中を察して、受け入れる方がよろしい。

仮に、ご主人の家が、葬儀、法要に関して一見ドライに思える考え方をなさっているとしても、それは人間の死に対する考え方ですから、そういう考えもあることを、これから先も受け入れられる自分を持っておくべきでしょう。

それを非人情と胸のどこかで思うのは自由ですが、表だって口にはしないことです。**いろんな家族があって、世間**ですから。

Q

食べるのがものすごく遅いのが悩みです。春に結婚し、お盆に初めて旦那の実家（広島）に行ったのですが、おやつのお好み焼きを食べるのに一時間以上かかりました。見かねた義父が「〇〇チャンはお好み焼きが嫌いなんじゃ。無理をさせたらいかん」と旦那を叱って気まずい雰囲気に。本当はお好み焼きは好きなのに、実家で肩身が狭いです……。どうすれば食べるのが速くなるでしょうか。

（28歳・女・主婦）

そうですか。食べるのがおそろしく遅いんですか。

実は、私も食べることに関しては遅い方なんです。

立ち喰いソバ屋で、同じ時に注文した隣りの女性がソバを平らげて、引き揚げる時、私はまだ半分も食べられないんです。

子供の時分からそうだったらしいんですが、姉や周囲に「まだ食べてるよ。ノロイんだから……」と言われた時、母親がこう言ってくれたんです。

「この子は料理をきちんと食べようと思っているのよ。母さんは嬉しいわ」

勿論、その言葉には母親としての愛情がふくまれていたのだろうと思いますが、後年、そのことが有り難かったと母親に話すと、「実は母さんも食べるのが遅かったの」と、笑って言われました。

〝早糞、早喰いは芸のうち〟という言葉がありますが、そんなふうにしてきた人は皆、早死にしています。

イイんですよ。ゆっくり食べれば。

Q

子供が赤ちゃんの頃から仲良くしていた〝ママ友〟二人が、子供同士のトラブルで仲違い。別々の派閥にわかれてしまいました。各々のグループからランチに誘われますが、参加したことがバレると、一方のママから嫌われてしまいそう。結局、両方と疎遠になりつつあります。どちらとも仲良くしたいのですが……。

（31歳・女・主婦）

〝ママ友〟というのもよくわからん日本語だが、あなたね、そんな派閥がどうのこうのって、**政治家やヤクザじゃないんだから、そんな悩むほどのことじゃない**でしょうが。

えっ？〝ママ友〟の世界は、政治闘争や縄張り争いより、もっとドロドロしてる？

あなたネ、この**純粋無垢で、清らかさが看板の作家**に、そんな相談されちゃ困りますよ。

Q

四十八歳になる夫が、急に身体を鍛え始めました。ジム通いのおかげか筋肉ムキムキで、いつも鏡を眺めて嬉しそう。私にも裸を見せてくるのですが、正直、キモチワルイです。また、近所の奥さんに自慢し「スゴイ筋肉ですね」などと言われてニヤニヤしているのも不快。女性誌に「夫の突然のジム通いは不倫の兆し」と書いてあるのも気がかりです。

（42歳・女・主婦）

奥さん。ムキムキの筋肉の男たちが、あの筋肉を作るために、頭脳の大半を奪われているのをご存知ないのかね。**筋肉が一センチ増える毎に、IQが一パーセントずつ消滅するのは常識なんですよ。**

それをまた他人に見せたがるのは、それはもう、その人の脳が完全におかしくなっとる証しだから。

えっ、それをご主人に言いたい？　言ってもムダだと思うよ。すでに物事が理解できない状態なんだから。

Q

三男も高校二年で子離れ間近。これから生きていく上で大切にすべき軸が見えず、ボーッと過ごしています。今後五年、十年何をなすべきかと考えると、自分の中に何もないと気づき、不安になりました。周囲の卑しい顔の老人達を見ると、あいうふうに歳をとるのも嫌。中々前向きになれません。

（53歳・女・ふてくされ主婦）

奥さん、何を甘えたことを言っとるの。**寝言は寝て言いなさい。**「生きていく上で大切にすべき軸が見えません」って、そんなもの端(はな)っからあるわけないでしょうが。

これから先の五年、十年何をすべきかって、奥さん、何もしないで済むなら、そりゃ天国だよ。**軸とか、××すべきとか、そんな訳のわからん言葉を使うから、おかしなことになるんでしょうが。**あなたは周囲の卑しい顔の老人になりたくないと言っとるが、わしに言わせると、自分の人生にもっともらしい理屈を付けたがる人間の方が、卑しさそのものと思うがな。

今、建設現場に人手が不足しとるんだ。奥さん、明日からナッパ服着て、削岩機抱いて死ぬほど働きに行きなさい。**バカモン！**

青二才に負けてたまるか

Q

七十歳の小生、あと五年のローン返済を残したまま会社員生活を引退いたしました。日本人の平均寿命が九十歳に迫ろうという今、六十歳〜六十五歳の定年は早すぎます。体力がありボケなければ永遠に雇用してほしいというのが私個人の意見であります。

（70歳7ヶ月・男・無職）

あなたのおっしゃるとおり、すでに六十歳〜六十五歳の定年制は、大半の人にとってそぐわない制度となっています。

六十五歳なぞという年齢は、健康であるなら、三十代、四十代の働き手と比べても、劣ることはありません。むしろ彼等より経験がある分、良い仕事ができるはずです。

但し、企業、組織としては、雇用手当などさまざまな負担が増えているので、このシステム自体を改革しなくてはならんでしょう。それともうひとつ、同じ六十五歳〜七十歳といっても、その能力が千差万別である点もまた事実なんです。それを考えると、六十五歳を過ぎてからの仕事、生き方は、当人が周到に準備し、自ら仕事を作っていこうとする姿勢が大事になるでしょうナ。

平均寿命が百歳なんてのは、もうすぐそこまで来てますよ。

大切なことはふたつ。何かを学ぶ姿勢を持ち続けることと、やりはじめたらやり通す気力を常に持つことです。青二才に負けてたまりますか。

Q

運転の時は人が変わる夫が怖いです。普段は温厚なのに、ハンドルを握ると「自転車のおばちゃん、そのまま！」「ホイホーイと抜きますからね～」と一人で盛り上がり、「ビュイ～ン」と言って加速、「入ってくるな～！」と叫びながら車線変更……。助手席の私は落ちつかないし、事故でも起こしたらと心配です。夫は「自分は冷静。車の限界を知った上で完璧に制御している」と聞く耳を持ちません。

（34歳・女・会社員）

あなたのご主人のように、車のハンドルを持った途端に性格が変わるというか、元々身体の中に潜んでいた好戦的な感情が出てくる人は、昔から意外と多いんです。先日、高速道路上のトラブルから相手を死傷させた男も、以前から何度も運転中にトラブルを起こしていたことが判明したでしょう。そういう人に限って、車を運転していない時は、温厚でおとなしいんだナ。

私の家族にも（実は妻ですが）いるんですナ。彼女には車が大好きな時期があったらしいんだね。私も十代の後半から二十代まで、やはり車が大好きで、普段、仕事で乗る車と、休みの日に乗るスポーツカーを喜々として転がしていた時期があったんだよ。思えば車の中が唯一、一人になれる場所というのもあったんだろうと思う。

以前、妻の運転する車の助手席に乗って仙台まで行った時、高速道路に入った途端、いきなりアクセルを踏み込んで、とうとう東京から仙台まで一台の車にも追い越しをさせなかったんだナ。車を降りて、私は言ったんだ。

「**君は、ジキルとハイドか！**その運転を続けるんなら、別れるからナ。バカモン！」

その時は反省しとったが、女性があれだけスピードを出して運転し続けるというのは、私は、それはやはり病気だと思うんだナ。

あなたのご主人は「自分は冷静、車の限界を知った上で完璧に制御している」と言っとるようだが、それは完璧なバカか、病気なんですよ。そういう人間が事故を起こした時は間違いなく大きな事故になります。

一番良い対処法は、ハンドルを握らせないことだネ。ご主人に言いなさい。

「私を取るの？　車を取るの？」

おそらく車を取ると思いますが。

Q

小学生の息子がアホなのが悩みです。毎日元気いっぱい野山をかけまわり、ケガはしてもカゼひとつ引かない子で、「腕白でもいい、たくましく育ってほしい」と昭和のCMのようなことを思ってのんびり育児をしていました。ところが小学校に入ると、同級生はみんなひらがなが読めるし、足し算もできる。初めてのテストでは「テスト」の意味がわからずひとりだけまっ白でした。こんなことなら塾にでも行かせていればよかったと思います。（35歳・女・主婦）

お母さん、あなたの息子さんは何ひとつ問題はありません。

むしろきちんと育っていて、他の親御さんから見ると羨ましいお子さんです。

大きなケガもせず、カゼひとつ引かない。健康で、元気な身体でいてくれることが、どんなに頼もしいことか、わかる時がきます。

のんびり育てたことも良かったんでしょう。

それで何ですか？

小学校に上がったら、他の子はひらがなも読めて、足し算もできるのに、あなたのお子さんはできない？

心配いりません。知らなかっただけのことで、ひらがななんぞは一週間もあれば覚えるでしょうし、足し算なんぞは三十分で覚えるものです。

初めてのテストで、テストが何なのかわからなかった？　ハッハハハ、そりゃ面白い。大物ですナ、お子さんは。

それは、〝できない子〟ではなく〝何も知らなかった〟だけのことで、わかってしまえばたちどころにすべてをやってくれます。

お子さんを信じてあげることです。

塾通いも、よく見きわめてさせなさい。

私の知る限り、今の社会で**きちんとした仕事をしてる大人たちは、皆共通して、あなたのお子さんに似ているん**です。

大丈夫。何も心配いりません。

Q

キャンピングカーを買うため貯金中。子供が巣立つ前に家族で旅をし、車中泊をしながら全国の美しい風景を眺めて回りたいと思っていますが、先日この夢を家族に打ち明けたところ猛反対。妻は「そんなお金があるならバッグを買ってほしい」、小五の娘は「車で寝るのは嫌。ホテルに泊まりたい」と言うんです。

（45歳・男・会社員）


四十五歳のご主人。

そりゃ無理だね。

キャンピングカーに家族皆で乗って、新鮮な空気と美しい風景のある場所へ行きたいというご主人の発想が端っから理解できないんだから、貯めていたお金を下ろして、パーッと遊んできた方がイイよ。

何？　それでもご主人はキャンピングカーの旅の良さを家族皆に味わわせてやりたいと思ってるの？

「そんなお金があるならバッグを買って」なぞとほざく女房を、どう説得しても無理だよ。そういうふうにしか頭が回転せんのだから。

娘にいたっては「車で寝るのは嫌」とぬかしとるんでしょう。そりゃ話にならんよ。わしがキャンピングカーを買ったら、その女房と娘を放ったらかして、情のある若い娘を見つけて、二人で旅に出るがナ。
最後に忠告しとくが、**女房や娘に必要以上の幻想を持たんことだ。**

Q

三十五歳になる内科医の娘がおります。若くして医院を開業し、仕事は順調。よいご縁があってすてきな男性と結婚し、二人の子供もおります。ところが仕事熱心のあまり旦那さんを放ったらかしで、最近、夫婦仲がうまくいっていない様子。今では娘の方が多忙で収入も格段に多く、喧嘩になると「誰のおかげで良い暮らしができてると思ってるの」などと旦那さんに言うようです。娘には「言っていいことと悪いことがある。女の方が我慢しないと夫婦はうまくいかない」と助言するのですが、聞く耳をもちません。このままでは孫たちがかわいそうです。

（60歳・女・主婦）

娘さんは三十五歳で内科医として開業し、その上、良縁に恵まれ素敵な旦那さんまで見つけて、お子さんも二人。しかも病院は順調そのものですか。

そりゃお母さん、他人から見ると、絵に描いたようなしあわせな家庭じゃありませんか……。

それだけ好条件が揃っていると、普通どこかおかしくなるのが世間の常識ですナ。

やっぱり、娘夫婦の仲がよろしくない？

そうでしょうナ。

喧嘩の最中、娘さんが旦那さんに「誰のおかげで良い暮らしができてると思ってるの」などと口走る？

なかなか品のある良い娘さんですナ。

このハゲ〜っ！　と怒鳴った女性議員とよく似てますナ。

どこが似てるかって？

世間の常識として、育ちが良く頭の良い女性の大半が、どこかに問題をかかえとるのは当たり前で、それがよく似とるんですよ。

自分は他の人よりエライ、能力があるといったん思い込むと、それまで隠れていたゴウマン、ワガママな本性が一気に頭をもたげてくるんです。

当人はそれが許されると思っているんですが、世間から見ると、それはただのバカ女でしかないんです（失礼）。
でもお母さん、心配する必要はありません。
娘さんは他のことはきちんとできてるんですから、ただバカなだけですから（失礼）。
バカをどうにかしたい？
そりゃ無理だ。
バカは死ななきゃ治りませんから。

時間だけが唯一のクスリ

Q

愛犬を交通事故で亡くしました。子供のいない私たち夫婦にとって、この十五年、我が子同然の存在でした。亡くなってひと月になりますが、散歩に行こうと急かす彼の姿、私の手を引くリードの感覚が忘れられません。今でも散歩コースを歩いていると、時折、手が引かれているように感じることがあります。「さみしい」と私を呼んでいるのか？　私も早く彼のところへ行かねば、と思ってしまうのです。

（62歳・男・会社員）

愛犬を交通事故で亡くされましたか。それは本当にせつないことでしたナ。十五年、我が子同然の存在でしたか。

亡くなって一ヶ月ですか？　あなたの気持ちはよくわかります。一ヶ月じゃ、まだ別れた実感なぞあるはずはないだろうネ。

実は本日（十二月一日）が、我が家の犬の命日なんだナ。

我が家に、その犬がやって来て以来、家人は彼とずっと一緒に過ごしてきたからね。

一年が過ぎた今でも、彼女は毎朝、夕、祭壇に祈っとるからね。

わしと、わしの犬（東北一のバカ犬）も家人のうしろに並んでお祈りさせられとるんだよ。バカ犬も真剣にお兄チャン犬の写真をじっと見とるよ（実はバカ犬は写真のそばのガムを狙っとるだけなんだけどナ）。

犬であれ、猫であれ、ペットのいる家はどこでも共通した、楽しい時間、なごんだ時間を、彼、彼女等の行動、表情で得ることができるからね。あの時間は、天上からの贈り物に思えるナ。

わしのバカ犬も、もう昔のように快活には動けなくなっとる。その姿を見ておると、やがてやってくる別離の時間を思わざるをえないものナ。

わしはこれまで七匹の犬と別離をしてきたが、どの犬もよく憶えとるよ。可愛さは皆同じだ。

別離のいたたまれない気持ちを治してくれるクスリはないんだよ。

時間。これだけが思いのかたちを変えてくれる唯一のクスリだ。辛抱しなさい。

Q

息子がちいさい頃から「サンタは本当にいる。早寝する子の家にだけ来てくれる」と教えてきました。ところが小学五年になり、友達からサンタのことをからかわれたらしく「本当のことを教えて。もし嘘をついているなら、お父さんのことを嫌いになる」と深刻な顔で言ってきました。よそはよそ、うちはうちだと私は思うのですが、妻は息子に謝って本当のことを言った方がいいと言うのです。

（40歳・男・会社員）


四十歳のお父さん、いやパパかな？

小学五年生の息子さんがいらっしゃるんですか。可愛いだろうね。

その子がものごころついた頃から、十二月になると、サンタクロースのオジサンからの贈り物だと言ってプレゼントを渡していたのかね。

息子さんも、サンタの存在を信じて、サンタさんに叱られるからクリスマスの夜はゲームも早くにやめて寝んでくれてたんだ。

素直でいいお子さんだね。そんなしあわせなクリスマスの夜は、そう世間にはないよ。

それが、小学校の高学年になって、学校の友達から言われたらしいんですか。

「サンタクロースなんかいるわけないだろう。おまえん家のオヤジやオフクロが言ったことを信じてるなんて、コイツ、バッカじゃないか」

くらいのこと言われたのかもナ。

それで息子さんに言われたんだ。サンタはいるのか、いないのか、本当のことを教えてくれって。嘘をついていたらお父さんのことを嫌いになるってか？

お父さん、よくここまで真っ直ぐな子に育てたね。まずはそれを誉めたいよ。**人間で一番情けない奴は、人を信じられない輩**だから。息子さんの性根が歪んでないところが嬉しいじゃないか。

人を信じられない奴が、淋しい人生で終わるのは、昔からの常識だからね。**人を信じられる者だけが、結婚を（他人と）してもしあわせになる**んだよ。そうじゃない輩が、金だけが信じられるなんて生き方をして、自分の愚かさ、不幸さに気付かないんだから……。

奥さんは、本当のことを息子さんに打ち明けて謝りましょうと言ってるの？

それはご夫婦とも間違ってるよ。

息子さんにきちんと言いなさい。

「この家には本当にサンタクロースが来てくれてたんだ。それを君が、友達が言うように嘘だと思うんなら、今年から我が家にはサンタクロースは来てくれない気がする」

とね。
サンタクロースはいたんですよ。だから息子さんが目を覚ました時、枕元にプレゼントがあったんですよ。あなたたちが買ってこようが、サンタクロースがいたから買わせたんだよ。サンタクロースが来た家なんですよ。
私の話がおかしく聞こえるかね？

Q

どうも自分は酒乱らしいです。気持ちよく飲んで帰ったつもりなのに、朝起きると指が切れて血が出ていたり、すねにアザが出来ていたりします。靴が片方なくなっていたこともありました。今のところ誰からも指摘されたことはないのですが、最近は家に帰るまでの記憶がないことも多く、いつか何かをやらかしそうで怖いです。忘年会、新年会のシーズンですが、気を付けるポイントは。

（32歳・男・会社員）

三十二歳のサラリーマン君。君はお酒が好きなようだね。私も酒は嫌いじゃないからね。振り返ってみんでも、私の場合、酒と一緒にいた時間の方が、人といるより圧倒的に多かったからね。

友達としては、酒は最高にイイ奴だよ。

それでどうしたって？　どうやら自分は酒乱らしいというのかね？　その**らしいってのが気に入ったネ**。

らしいという自覚症状があった場合は、九九パーセント、それは酒乱だね。

指が切れてたとか、すねにアザがあったというのは、君にとっては身体のことだから心配だろうが、かつてアル中と呼ばれた私からすると、靴が片方なくなっていたことの方が心配だね。朝起きて、その片方が見当たらないということは、街の中は勿論、電車の中でも片方の靴がないまま行動しておったということだから。さらに言えばコンビニの中も堂々と歩いとったことになるからね。

そりゃ君、**完璧な酒乱**ですよ。

おめでとう。

いつか何かをやらかしてしまいそう？

大丈夫。君はもう十分、何かどころじゃないことをやっとるから。

忘年会はいいんじゃないか。あれは年を忘れるためにやるんだから、おおいに記憶を失いたまえ。

問題は新年会だな。新年会で乱れると、これは決定的な印象を与えるからね。

「あいつ、今年もまたあれかよ。どうしようもないな」

なんて思われてしまうから。

私も、これまで新年会だけは慎重に呑んだものだよ。そう、問題は新年会だ……。

読者の皆さんで、酒をたしなまない方々は、私と、この若いサラリーマンが、なぜ新年会だけにこだわっているか、わけがわからんでしょう。

そうなんですよ。私も、彼も、すでに酒が入る前からおかしいんですナ。それが酒乱というものです。他人のことはまあいい。

君、とにかく新年会だけはお互い気を付けよう。酒を呑んで人間が変わるなんて、などと言う輩がおるが、でもこっちは変わるために呑んどるんだから、何も心配せんでいいよ。今のままでよろしい。但し、靴は気を付けんとナ。

Q

ウインタースポーツ観戦が大好きなのですが、女子の選手がみんな可愛いので、目のやり場に困ることがあります。フィギュアスケートの衣装なんて一見、裸みたいですし、同級生くらいの女の子がお尻をあんなに出して……と思うだけで、顔が赤くなって正視できません。もしかして僕はおかしいのでしょうか。僕以外の家族は、とくにおかしな気持ちにはならないらしいです。

（18歳・男・高校三年生）

十八歳の高校生よ。

君は素晴らしい感性の持ち主だ。やっと君のようなゆたかな情緒を持つ若者から相談が来ましたか。

私も以前から、君と同じ考えを抱いておったんだよ。フィギュアスケートなんて片脚を持って、それを持ち上げてるんだよ。しかもその姿勢で何度も回転し続けて、それも若い女の子が堂々と人前でそんなポーズを取ってるんだから、そりゃ私もいつもびっくりするんだが、思春期の君が興奮するのは当然だよ。

私も、他の人たちはよくあんなものを直視できるもんだと何年も前から思ってったんだよ。

ああいうのは見ない方がよろしい。君が正しい。それと私からの忠告だが、**君が思ってることはたとえ家族でも、親友でも打ち明けてはいかんよ。**私は一度、家人（妻）と親戚皆でイナバウアーを見てた時、つい口がすべって「これ全裸だとスゴイだろうナ」と言ってしまい、約一年口をきいてもらえなかったから。私と君以外の人が異常なんだが、口にするとこっちが異常者、変質者扱いされるから。

Q

交際中の婚約者がいます。挙式に向け準備している時に相手の身内に不幸があり、それが落ち着いたかと思えば予約していた式場が火災で焼失。式場をまた探すことになりました。その式場がやっと見つかり、あとは招待状を出すだけという段になって今度は私の母が病気に。これは「彼とは結ばれない」という天のお告げなのでしょうか。自分の気の持ちよう次第とはわかっているのですが、結婚に迷いが生まれています。

（27歳・女・会社員）

二十七歳のフィアンセさん。結婚式も間近なんですか。それはお目出度う。
それで何だって？
挙式の準備をしている時に、相手の家に不幸があったのですか。それは相手の人も切なかったろうナ。元気づけてあげなさい。それがこれから妻となるあなたのやるべきことだからナ。

それで何？　予約していた式場が火事になって焼失したのかね？　結婚式の最中でなくて良かったじゃないか。そんなことになっていたら大変だものナ、いや、運が良かったよ。

それで何？　あらたな式場が決まって招待状を出すだけになったところで、あなたのお母さんが病気になったのかね。

お母さんの具合はどうなの？

そう、なんとかなるんだったら、それは良かった。君が家を出て、急に病気になったんじゃ心配するものナ。

お母さんに式に出て欲しいなら、快復するまで待ってあげるのも方法だろうナ。

えっ！　何だって？

婚約が決まってから不幸、火事、病気が重なったのが、〝彼とは結ばれない〟という天のお告げではないかって？

可愛い（おそらく）フィアンセさん。あなた何を言っとるの。〝天のお告げ〟とはいったい何なのかね？

わしゃ、そんなもの耳にしたこともないし、〝お告げ〟で生き方を決めた人も見たことないぜ。

私が知っとるのは、結婚間近になると不思議にいろんなことが起こるケースが多々あって、**それを乗り越えて結ばれた夫婦が、かなりの確率で幸せになっているということだ。**

そんな夫婦は皆、口を揃えて言ってるよ。

「ほんと、もう結婚できないんじゃないかと思ったけど、頑張って一緒になって、本当に良かったと思います」とね。

あなたを含めて結婚間近の人に言っときますが、**必ず二人を揺さぶることが起こるのが婚約の時間ですから。**これ、常識です。

Q

日記が苦手で、何度も挑戦しては数日で挫折することをくり返してきました。それでもすてきな日記帳や手帳を見つけると、「今度は書ける」とウキウキした気持ちになって買ってしまうのです。今年こそ、日記をつけたいと決意しています。先生は日記をつけていらっしゃいますか。どうすれば日記が続けられますか。

（42歳・女・会社員）

――そうですか。今年もまた日記帳を買い求めましたか。エライネ、あなたは。

それで毎年、数日から数週間書いて、あとは真っ白……。その余白に、自分の根気のなさが見えるんですか。それで今年こそですか。

私はあなたのような人、好きだナ。

書ける日まで書いて、あとは棚の、部屋のどこへいったのかもわからない。

そんなもんですよ、日記は。それでいいんですよ。

日記を続けるというのは、実は誰にとっても大変な作業なんです。続かないのが、当たり前と思った方がいいでしょう。

日記につけることがないのは、ごく平凡でおだやかな日を過ごせているからです。

日記が続かないのは、しあわせな日々を送ってる証拠ですよ。

どうしても続けたいのなら、あなたの好きなものについて書くのがイイでしょう。

美味しいもの、食べることが好きなら、何を食べて、どんな味がしたか、どんな人がそれをこしらえていたか、どんなお皿、どんな花がテーブルにあったか、という感じで十分なんです。

まあともかくラクな気持ちで書くことです。

昔の作家でも、きちんと日記をつけている作家がたまにいますが、あれは自分や時代とむき合っとるケースがほとんどで、書かざるを得ない衝動があるんですよ。

もうひとつ、あなたの日記が続かないのは、日記は一日の終りに書くでしょう。普通の人間は一日の終りはもう眠くてしかたないのが、日常というもんでしょう。日記をつけなかった日は、一日あなたが懸命に生きたということです。同時に、日記とは何か人生に課題やテーマがあって、それに対して何事かを記すんです。

人生に課題やテーマを持っちゃイケマセンヨ。肩が凝ってしょうがなくなりますよ。

私が日記をつけたのは、学生時代に野球部の監督から、投球、打撃フォームの修正を命じられて、無理矢理書かされたのと……。

私が、最後に付けた日記は、東日本大震災の只中に身を置いていた一ヶ月間、ラジオが何を告げ、原発の事故に人々がどう対処したか、家族、近所の人たちがどれほど動揺したか、そのために家族、ペット、家屋の様子、外へ出た時の雲、星、空などこまかく書き留めました。

ローソクの灯の下で書いた、その日記はいろんなことを後日、私に教えてくれました。しかし、これもとっくに燃やしてしまいました。

俳人、山頭火も言ってるでしょう。

焼き捨てて日記の灰のこれだけか

阿佐田哲也さんとは格が違います

Q

伊集院先生はあの『麻雀放浪記』を書いた、阿佐田哲也（色川武大）さんのお弟子さんだと聞きました。私も麻雀を嗜むのですが、最近は会社でもあまりやる人がおらず、趣味が麻雀と言うと「賭け事をやる怖い人」みたいに周囲に見られて弱っています。「一から教えるよ」と会社の後輩を誘っても「怖そう」「難しそう」と断られます。どうすれば麻雀の魅力を伝えられるでしょうか。

（42歳・男・会社員）

麻雀がお好きですか。まだあなたのような大人がいるのを知って、私は嬉しいネ。

阿佐田哲也（色川武大）さんとは、〝旅打ち〟と言われる、ギャンブルをやるだけの旅をして、日本全国二人で行きましたが、そんな弟子などではありません。格が違います。

たしかにこの頃は、麻雀が趣味だと言うと、何やら怖い遊びがお好きで……と思う若い人がいるようですナ。

でも現状は、実は違っているんです。

今、若い人の麻雀ファンが増えているんですナ。私もそれを聞いて驚きましたが、彼等は今、スマートフォンなどのゲームで麻雀を覚えているそうで、私もそのゲームを少しやってみたところ、これが実によくできていて感心しました。

なぜ、若い人がまた麻雀に興味を抱きはじめたのかは、私にはよくわかります。

それは**麻雀という遊びが、おそらく人間が考え出した対人間で遊ぶゲームの中で断トツに面白いし、奥が深い**からです。

私も、この頃は回数が減りましたが、それでもずいぶんと長い間（五十年近く）打ってきました。その間で、麻雀が嫌だと思ったことは一度もありませんでした。それだけ楽しいゲームであり、魅力を持っているんだと思います。

さてあなたが麻雀を何も知らない若い人にその魅力を知って欲しいなら、上司に許可をもらって〝麻雀同好会〟を作ってみてはどうでしょう。女子社員を必ず入れてネ。

まずパソコンに麻雀のゲームを入れ、最初はそれぞれが一人でゲームに慣れてみてはどうでしょう。勿論、あなたはうしろから彼等の打ち方を見て、指導するのです。

和了（ホーラ）（上がること）の達成感を覚えたら、必ず本物の牌（パイ）で打ってみたくなります。

年輩の女性社員にはニックネームを付けてあげなさい。□（白）が好きな清純な人なら〝パイパン（白板）のアケミちゃん〟とかネ（失礼）。

ガンバッテ！

Q

年賀状の返信をなんとなく面倒でほったらかしにしているうちにもう二月。せっかく書いたものだし、お返事をしないと相手にも失礼。でも今さら年賀状を出すのも恥ずかしいし……うじうじ悩みながら、毎日、心を痛めています。ズボラな自分が恨めしい。出しそびれた年賀状、どうしたらよいと思いますか。

（35歳・女・会社員）

さて年賀状の返事が遅れてしまうことは、誰にもある経験だと思うよ。出しそびれて、マズかったという気持ちだけが残るものナ。

なぜ、こういうことが起こるのか？

それは昔と違って、各家庭が、その家の決め事を作ってないからだ。

画家の熊谷守一（くまがいもりかず）の家は、年賀状の返事は一月十日に出すと決めていた。これは松の内が十五日までという発想で、元日から五日までを祝って、六日から十日までは正月の片付けをする。松飾りなども片付け、神社で焼いてもらったりするんだナ。

こうした家々の決め事が、実は人が生きる上でとても大切なことなんだナ。それは同時に、地域、地区で各家が足並みを揃えて生きていることにもなる。**長く続いている風習、しきたりは、自分たちのためにあるんだから。**正月にしても、節分（せつぶん）、端午（たんご）の節句、お盆にしても、人間がいろいろ災難などを経験して作り上げ、今日まで長く守ってきたものには、すべてそれなりの理由があり、効用があるんだ。

Q

初恋の男性がいます。結局お互いに別の相手と結婚し、あれから三十年、会うことはありませんでした。ところが私は数年前に離婚、風の便りで相手の男性も独り身になったと聞きました。三月に高校の同窓会があり、もしかして彼に会えるかも、と心が揺れています。同窓会に行ってもよいでしょうか。それとも初恋の思い出は、思い出のままにしておくべきでしょうか。

（49歳・女・会社員）

何だか映画みたいな話ですナ。

でも、こういうことが現実にあるのが、世の中なんでしょうナ。

「大人になったらまたこの桜の下で逢おう」。いや、イイネェ〜。

わしも、五、六人にそう言っとくべきだったかな……（いや失礼）。

逢ってきなさい。

今、大切なのは、逢うことです。

結果、どうなるかをいろいろ考えてもしようがありません。

ロマンチックな未来の時間の約束事は、実はそこから新しい時間がはじまるのであって、あなたにも、相手の人にも、何がはじまるかはわからないのです。ただ遠い日、あなたの胸の中にあった無垢なものが今も残っていることが素晴らしいんです。

大丈夫！ 微笑んで逢いに行きなさい。

失望もまたあなたに何かをくれるはずですから（失礼）。

Q

たまたま大学生の娘のスマホを見てしまったところ、ボーイフレンドから「卒業旅行に行こう」と誘うメールが届いていました。交際中の男性がいるらしいことは察していますが、娘からはまだきちんと紹介されていません。そんなあやふやな関係の男女が旅行など、とんでもないと思っています。私は主人とは処女で結婚しました。娘の貞操観念はどうなっているのかと案じています。

（53歳・女・主婦）

貞操観念ですか……。そうですか、奥さんはご主人に処女を捧げて結婚をなさいましたか……。ウ〜ム……。奥さんの歩んで来られた清らかで無垢な世界は、**わしの管轄外の世界**なんで、何ともお答えしようがありませんナ。

ただ娘さんのメールの内容ですが（お母さん、勝手に娘のメールを見ちゃイカンよ）、これはわしにはよくわかるんですナ。お母さんは娘さんと彼氏が〝あやふやな関係〟と言われますが、あやふやどころかしっかり合体してますよ。

えっ、何を驚いてるんですか。それは合体旅行です。サカリのついた若い男女が、他に何をするんですか。

貞操、処女……か。マイッタナ。

世の中どうなるかわからない

Q

うちの会社には宴会好きが揃っていて、三月に入ると早くも花見の計画が始まります。私、あの花見のドンチャン騒ぎが大嫌いなのです。東日本大震災の直後は、花見を自粛しようという動きもありましたが、今ではそんなことを忘れたかのようにみんな浮かれている。ひどいと思われませんか。

（42歳・男・会社員）


わしも、あの花見好きの連中には、毎年呆れておるよ。

桜の開花が近づくとソワソワしはじめるし、今年は去年取れなかった、あそこの桜の下を何としても取るぞ、などと、半分仕事を放ったらかして興奮しとるのだから、どうしようもないナ……。

花見好きに言わせると、満開の桜の下で飲む酒の味は格別だと言うんだナ。

たしかに**絶景を眺めながらやる一杯は、酒の味が違う**のは理解できなくもない。

以前、アフリカのサバンナを見下ろす崖の上に建つホテルのバーで飲んだ一杯は、そりゃ美味（うま）かったものナ。

今は週末の夕暮れ、プレーを終えたゴルフ場のレストランで、夕陽に染まるフェアウェーや杉木立を眺めての一杯がせめてもの楽しみだものナ。

花見酒にもそれなりのものはあるのだろうが、私もあなたと同じで、頭にネクタイしばってドンチャン騒ぎしている姿は、ありゃただの酔っ払いの宴会にしか見えないナ。

まあ酒飲みは、飲む理由がなくとも飲むんだから、理由があれば、ああなるわナ。

最後に、東日本大震災の直後、花見を自粛する動きがあったのは私も覚えているよ。

あの折にも言ったんだが、震災直後は自粛してもいいが、翌年からはきちんと花見をすべきだというのが私の考えなんだ。というのは、**花見酒をやる理由のひとつに、亡き人、亡き友をしのんで花の下でひとときその人のことを想うというのが日本の伝統としてあるからだ。**花見の理由としては、おそらくそっちの方が先にあったはずだ。

あの人と、アイツと、花の下で飲んだ宵をなつかしんで酔う酒は、悪いもんではないよ。

私も遠くから桜を見る時は、亡くなった家族や友人のことを思い浮かべます。私にとって桜は、彼らが今年もやって来たという感じです。

ちなみに私は桜の花見が苦手なんですナ。理由を書けば長くなるので、簡単に言えば、桜の花が咲いたことで、少年の頃、嫌なことが重なったんです。以来、今日までの半世紀、花見に出かけたことが一度もないんです。

Q

宴会が好きすぎて悩んでいます。お酒も居酒屋のお料理も、何より無礼講のあの雰囲気、我を忘れてドンチャン騒ぎするのが大好きなのです。いまの彼氏とは、泥酔して朝起きたら一緒に寝ていたことをきっかけにつきあい始めました。お酒を飲むたび記憶をなくし、それでも家に帰り着いているので自分ではまあいいかと思っていますが、彼氏や親友からは「もう少し控えたほうがいい」と叱られます。たしかにこのままでは何かとんでもない失敗をしてしまうかも、と心配です。

（29歳・女・会社員）

二十九歳のＯＬさん。

宴会が大好きですか。そりゃ素晴らしいですナ。

それも、我を忘れてドンチャン騒ぎが大好きなんですか。いや、頼もしいお嬢さんですナ。

今の彼氏も、泥酔して、朝目覚めたら、一緒に寝ていた？

ハッハハハ。そりゃイイ。

男と女の出逢いとしては、上等な部類に入りますよ。だってそうでしょう。惚れた、恋した、夜も眠れない、じゃなくて、飲んだ、飲んだ、ヤケクソ飲んだら、合体してたんでしょうから、これこそ〝趣味と実益を兼ねました〟というか、〝好物とイチモツを一挙に得た〟というか、**お酒の神様のプレゼント**でしょう。

それで何ですか？

周囲の人から、少し酒を控えめにした方がいいぞと言われ、あなたも、そのうちとんでもない失敗をしてしまうのではと心配してるんですか？

大丈夫。

あなたはもう世間から見れば、とんでもないことを十分してますから。

人生、失敗をおそれていたら何もできませんよ。失敗をくり返して、人間は成長するんです。

それに酔いはじめたら、そんなこと、どうでもよくなってくるでしょうが。

今日も彼氏にメールを打ちなさい。

さあ夜だ。今夜も飲もう。トラトラトラ。

Q

涙や鼻水が止まらず、生まれて初めて花粉症になったようです。これまで花粉症の連中をバカにしていて、会社でも「俺は田舎育ちだから免疫力がある」「花粉症になるのは都会のひ弱な奴」などと放言してきました。今さら「花粉症になりました」とは、恥ずかしくて言えません。

（48歳・男・会社員）

私も花粉症に十数年前になりました。

アメリカのフロリダにメジャーのキャンプの取材に行った折でした。ブタクサという植物の花粉でした。丁度、その時、松井秀喜選手の取材に行っていたのですが、彼もフロリダで花粉症がひどいと言ってきたので、私、言いました。

「そりゃ違う病気ではないの？　花粉症というのは都会の人間がなるもので、君のような野人に近い人はならないんじゃないの？」

「いや本当に花粉症なんですよ。医者からも言われましたから」

「本当に？　信じられないナ。君が花粉症」

「ボクは伊集院さんの花粉症の方が信じられませんけど」

「君は石川県の根上でしょう」

「あなたも山口県でしょう」

石川と山口、どちらが田舎かで険悪になったのを覚えとるよ。

四十八歳のサラリーマン君よ。今や花粉症に、都会も、ひ弱も、田舎も、野人もないの。マスクして働きなさい。

Q

東京の私立大学の法学部と経済学部、両方に合格しました。自分は将来ベンチャー企業で働きたいので、経済学部で金融や起業の勉強をしてみたいのですが、うちの親は「裁判官や検事など安定した公職についてほしい」と熱心に法学部を勧めてくるのです。初めての人生の選択に迷っています。（18歳・男・高校三年生）

おめでとう。受験した法学部と経済学部の両方に合格したのかね。たいしたもんだ。

で、君は将来ベンチャー企業で働きたいので経済学部へ行きたいんですか。

そうすりゃいいじゃないか。

えっ！　君の親御さんは裁判官、検事のような安定した職業に就いて欲しいと言っとるのかね。なるほど……。

しかし君の将来、人生なんだから、君が希望する道を行くべきだろう。親御さんにそう言えばわかってくれるよ。それでイイ。

ただ私の勘だけど、君は実のところ、本当はどっちが自分に合っているのか、少し悩んでるんではないのかね？

ベンチャー企業、ビジネスの世界へ入って果たしてやっていけるのだろうか、とか、さらに言えば君の性格にその世界がむいているのか、とか、正直わからないのと違うかね。

そうだとしたら親御さんが希望する法学部へ進むのも、ひとつの方法だろうナ。

それじゃベンチャー企業へ進んで将来大成功する夢が絶たれるって？

何言ってるの。法学を学び、その力を活かしてベンチャー企業に進んで成功することはおおいにあることだよ。**新しい経済、ビジネスの革新は、むしろ違う世界からの発想を必要としてる**と、私は思うがね。

大切なのは、その年齢での四年間が、実は人生の中で貴重な時間ということなんだ。

私の考えは、せっかく自由に何でも学べる時間を得たのだから、社会に出たら、二度とできないことを学ぶ方がイイと思うな。

ともかく**広く世界が見えるものを学ぶことが大事**だよ。

私も大学受験で、法、経、文学部の三学部に受かって、結局、文学部に入ったんだが、それは野球部のマネージャーから「君が文学部に進んでくれると、もう一人入学できる野球部員がいるんだが」と頼まれたからなんだ。

私はすぐにイイッスヨと返答した。

理由は文学部を受験した野球部員が私一人だけで、受験会場の九割が女の子だったからだ。

それが今、文学者なんて言われて、**世の中何がどうなるかわからんもんだよ**。

Q

ゴールデンウィークの一週間、高校生の甥っ子を預かったところ、とんでもない食べっぷりで破産寸前です。なにせご飯だけで毎回三合！　焼肉屋に連れて行ったら「うまいうまい」と会計が五万円！　男の子がこんなに食べるとは。食費を親（私の兄）に請求したいのですが、カドが立つでしょうか。

（34歳・女・主婦）

奥さん。たかだか一週間預かった間の甥っ子の食費を、彼の親である兄さんに請求する妹がどこにいますか。

笑い話、呆れた話で済ませなさい。

私も、現役の大学体育会の部員だった頃は、朝は一人で二合の飯をペロリと食べましたし、寿司の十人前、焼肉の二十人前なんぞは当たり前でした。

なにしろ食べることしか能がなかったんですから。

野球部の合宿所の隣りにある養豚場の豚を見てるだけで腹が減ったんですから。

人生は誤解と間違いの連続

Q

学校の先生に恋しています。英語の先生で、美人だけど笑顔が可愛く、声が綺麗で、胸も大きい。一目惚れでした。先生のことを考えるだけで胸がドキドキし、英語を一生懸命勉強するようになりました。ところが先生は四月からよその学校へ転任。大ショックです。授業中も時々目が合い、先生も僕の気持ちを受け止めてくれているのではと感じます。僕はどうしたらよいですか。

（17歳・男・高校二年生）

そりゃ君、すぐにその先生のとこに行って自分の気持ちを打ち明けるべきだよ。

君も、その先生と接していて、何か君のことを好いてくれてるんじゃないだろうかって予感というか、確信に似たものがあるんだろう。

ほら、林修先生の、あれだよ。

いつやるの？　じゃなくて、今でしょう。イケイケ！ＧＯＧＯ！のポテトチップスでしょう。

しかし羨ましいナ。美人だけど笑うと可愛い。声が綺麗で、その上、胸がドーンなんて、君の視力がおかしくない限り、いまどき日本にいませんよ、そんな素晴らしい女性。

このチャンスを逃すと、美人じゃないのに笑うと怖い、声のドスが利き過ぎの、抱けば小骨が当たって痛い女性しかいなくなるよ。

えっ？　何か心配だって？　打ち明けて、拒絶されたらどうしたらよいか？

そんなことゼンゼン大丈夫だ。

君のような状況で、まったくの誤解だったケースは、実は山ほどあるから。**人生ってもんは、誤解と間違いの連続**だから。

その時はまた可愛い先生を見つけりゃイイんだよ。くじけずに頑張りなさい。

Q

ある若手作家の大ファン。地方のサイン会にまで足を運ぶので「また来てくれたね」と声をかけられるようになり、それは嬉しいことなのですが、その一方で、いつも顔を出して呆れられないかと不安にもなります。アイドルのイベントにはストーカーめいたファンがいて、怖がられると聞いたことがあるのです。

（22歳・女・大学院生）


私のサイン会のお客さんは大半が、二十年以上ずっと私の本を読んで下さっている人です。

サイン会が好きだという小説家はおそらくいないと思いますが、仕事（プロモーション）のひとつだと思って、私は本屋に座ります。以前は中学生だった女の子が、今は結婚してご主人とお子さんとで見えたり、サイン会の列に並んで知り合い結婚した人もいます（これは私、異常に思えますが）。毎回顔を出されて嫌がる作家はいません。但し、長い時間話し込まれるのはかんべんして欲しいですナ。

Q

四十年以上ほのかな恋心を抱いている男性がいます。年に数回、食事をし、楽しくお喋りし、握手して別れる。まさにプラトニックラブです。ところが先日、彼から「自分もこの歳（六十八歳）で、もう男ではなくなった。死ぬまでに一度、ホテルの部屋をとって、君と添い寝して過ごしたい」と告げられました。お互い連れ合いや家族のある身。私は彼を大切な友人と思っていて、今さら男女の関係になるつもりはありませんが、「添い寝」だけなら……と迷います。男性が「男でなくなる」ことって本当にあるのですか。

（65歳・女・主婦）

六十五歳の奥さん。

四十年以上、ほのかな恋ごころを抱いていた男性から、告白をされたのですか。その男性いわく、〝自分はもう男ではなくなった。死ぬまでに一度、あなたと添い寝がしたい〟と……。

奥さん、男というものを誤解してはイケマセンよ。

添い寝と相手は言ってますが、四十年の想いが必ず相手の身体に出てきますから。

これは必ず、合体になります。

奥さん、あなたが男女の関係になるつもりがないのなら、きっぱり拒絶をなさい。

あなたのご質問に、〝男でなくなること〟というのはあるのでしょうか？　とありましたが、本当に男の機能がなくなった人は、そんなことを口にしません。

相手はまだまだ、男の機能どころか、きちんとした性欲、精力を持っていると考えた方がいいでしょう。

男が、男でなくなる、ということは、私の考えでは、まずあり得ません。

男というものは、死ぬまで男でしかありません。

女の人が考えるより、助平で、どうしようもない生きものなんです。

奥さん、考えてもごらんなさい。〝添い寝〟という行為自体が、すでにおかしいでしょうが。

但し、奥さんが、〝添い寝〟くらいなら、これまでの友情で、〝男でなくなった〟その人にしてあげてもいい、とお考えなら、それはお二人の気持ちで〝添い寝〟をなさればいいと思います。もしかして〝添い寝〟だけで終わる夜もあるかもしれません。

しかし、そんなケースはほとんどありません。

まず合体に近い行為になると思った方がいいでしょう。

詭弁とは言いませんが、奥さん、十中八九、相手は〝添い寝〟の先の行動をしてきます。それが男というものです。

ただ、奥さんも相手の方をずっと好いていらっしゃるなら、〝添い寝〟も〝チンコの先〟もさして変わらないので、お相手の気持ちに添ってあげたらどうですか？

Q

高校二年の男。入学式や卒業式など、全校生徒が集まる厳粛な式典で、必ず寝てしまうのが悩みです。しかも寝ると体が右に傾くクセがあり、隣に座っている女の子にもたれかかってしまいます。気がつくと隣の女子の胸を枕に寝ていたり、時には膝枕でヨダレをたらしていることも……。みんなに笑われて恥ずかしいのですが、どうしても寝るのを我慢できません。

（16歳・男・高校二年生）


そうですか、皆で一緒にいる時に限って、寝てしまいますか？

あなたのような爆眠家の人は、私の同級生にも、先輩にもたくさんいました。

私も子供の頃は、よくこの状況で眠りこけられるものだ、と思いましたが、それはその人の体質なのだろうと思います。

私は、**眠くなれば眠ればイイ**と思います。我慢することもたしかに大切なことですが、私に言わせると、眠れる時はしっかり眠ることです。

大きい声では言えんのだが、今の家人が、驚くほどよく睡眠をとる娘さんで、或る時、義母に言ったんだ。

「娘さん、なぜあんなに寝てるんですか？」

「あの子は少女の頃から十時間以上寝ないとダメな子なのよ」

「えっ、十時間！　私は五時間で十分ですよ。お義母さん、夫より五時間も寝てる妻との関係というのは、二十四年のうち五年間ずっと寝っ放しってことですよ。五年ですよ、お義母さん」

「そんなことはないでしょう。五年間も寝っ放しって、そんな人間はいないでしょう」

「だから統計というか……」

「でも〝眠れる森の何とかの美女〟って話も」

この母娘アカンワ！

でも、歳を取ると長く眠れなくなるもんです。

隣りの女の子に膝枕をさせてしまうことが、何か問題があるなぞと考えてはイケマセン。

眠たい時はどんどん眠りなさい。

私たちの行く末は、ずっと眠るようになるのですから。

Q

母は大正生まれの九十七歳。この母が「元気すぎる」のが悩み（？）です。私の父は四十九歳でがんを患い亡くなりました。父の棺にすがった母が「私もすぐ追っかけるから」と号泣していた日から早や半世紀。生命力の強さの源は「変わる力」なのだとつくづく思います。先日、母より先に兄が六十九歳で他界。私も六十を過ぎ、身体のあちこちに病いを抱えています。私は一日でも母より長く生きなければと思えば思うほどプレッシャーで、ますます心身が弱ってきている昨今なのです。

（62歳・男・会社員）

そうですか。母上は今、九十七歳でお元気ですか。それは素晴らしいことですね。世間の大半の子供は（大人になってますが）、母親にそこまで元気でいてもらうことはできません。

あなた方、ご兄弟、姉妹はしあわせです。

私がこう言っても、そばで元気な母上を毎日見ているあなたにとっては、その実感がないでしょう。

それが親に対する子供の奇妙な感情なのです。そばにいつも居る時は、存在が当たり前の空気のようなもので、有り難味はなかなか湧きません。**親の有り難味**

はあとになってわかるものです。

これは仕方がないんです。

なぜならあなたの母上は、元気にしているところだけをあなたに見せているからです。

五十年前、あなたの父上が亡くなった時、あなたも、あなたの兄上もまだ十代の子供でした。おそらく悲しんでばかりではイケナイと、母上は気丈に振る舞い、あなたたちを育てるためにそうなさったのでしょう。どこに夫を亡くして、不安、絶望、悲しみを感じない妻がいますか。

兄上を亡くした時の母上の悲しみはさらに切ないものだったはずです。世の中の悲しみの中で、我が子を先に亡くした親の悲しみが、一番辛いものだと言います。それでも母上は気丈に、元気にしていなくてはと、敢えて元気な女性でいらしたのです。

あなたは今、身体の具合が良くないそうですが、しっかりとした気持ちを持って生きなくてはイケマセン。兄上に続いて、弟のあなたを先に見送るようなことになったら、母上の悲しみは想像を越えるものになるでしょう。

あなたや、他の子供たち、孫たちのために元気でいようと踏ん張ってきた人を、

悲しみの底に落とすようなことをしてはならないのです。

石にかじりついても、母上より長く生きなさい。

プレッシャー？

甘いことを口にしなさんナ。

誰が産んでくれて、誰が育ててくれたんですか。自分よりあなたを大切にして生きてきた人への、**大人の男としての責任がある**でしょうが。

やがて母上が亡くなった時、あなたはなぜ母上があんなに元気だったか、その理由を知る時が来ます。

Q

ダンナの両親が男の孫ばかり可愛がるのです。我が家には小二の娘と四歳の息子がいますが、息子が生まれてからというもの、義父は「○○は元気か」と息子にだけニコニコ。義母も「男の子は台所に立つな」と言い、常に息子を上座に座らせて、娘にだけ用を言いつけます。息子の初節句には、戦国武将が使うような原寸大の鎧兜を買ってきて、驚きました（娘には「女に贅沢を覚えさせるな」と、大したものを買ってくれません）。今時こんな家がありますか。

（39歳・女・会社員）

ハハハッ、そりゃなかなかの義父母さんですナ。今時そんなふうに男児ばかりを大切にする家があるんですか、と訊かれると、あるんでしょうナ。日本は広いんですね。

ただそこまで極端でなくとも、男児を可愛がるという傾向は世界中にあるようですナ。

台所に男児を入れるな、上座に座らせなさい、と義父母さんが望んでらっしゃるなら、その時だけそうさせておきなさい。

えっ？　娘さんが可哀相？

心配ご無用。そんなふうに育った男児は、大人になって強妻を嫁にする目に遭って、掃除、洗濯から料理までさせられる運命になりますから。

私は、**家にはその家だけの事情があって当然**で、それが世の中の流れとは違っていても、従うことが家族と思っています。

現代流より、**昔から家が依(よ)ってきたものには意外と良いこともある**ものです。

銀座で遊ぶ作法

Q

上司に銀座のクラブに連れて行ってもらいました。綺麗なホステスさんたちに囲まれるのは初めてで、緊張して話せず、情けない思いをしました。すごくタイプの女性がいたので、何とか頑張って自分のお金で行き、彼女と話したいと思っています。店でのマナーや、ホステスさんと楽しくお喋りするコツはありますか。

（32歳・男・会社員）

三十二歳のサラリーマン君。上司に初めて銀座のクラブへ連れて行ってもらいましたか。綺麗なホステスさんに囲まれて、緊張しましたか。そりゃそうでしょうナ。銀座のホステスさんは、他の遊び場のホステスさんより、たしかに綺麗ですものね。さぞ楽しかったでしょうナ。

それで、その店に、あなたの好みのタイプの女性がいて、その女性ともっと話をしてみたいので、次は自分のお金でその店へ行こうと思っていらっしゃる？

いいんじゃないですか。そのホステスさんもきっと喜ぶと思いますよ。

ついては銀座で遊ぶ作法を教えて欲しいわけですナ。あなたのそういうこころがけは悪くありませんな。

銀座だからと言って**特別なマナーなどありません**。他の街の店と同じで、席に座って酒を飲みながらホステスさんと話をするだけのことです。

もし上司がたびたび行く店なら、行く前、その上司に、一度あの店に行ってみていいでしょうか、と断わっておいた方がいいでしょう。上司はニヤニヤしながら、そうか気に入った子でもいたか、と聞くかもしれません。その時は、正直に、もらった名刺の名前を話すんですな。さらに言うと上司に、いくらくらいかかるかも聞いた方がいいでしょう。

上司に知られたくないなら、名刺を見て店に直接電話して、ホステスさんを呼んでもらい、先日××さんと一緒に行った者ですが、ひとりでうかがいたいのです、と話せば、相手は喜んで来店して欲しいと言ってくれます。彼女たちにとって見初めてもらったことは何より嬉しいことですから。

銀座の酒の飲み方は、他と比べて行儀が良いのが特徴です。やたらとホステスさんの身体をさわったりしないことです。

〝腿（もも）、膝（ひざ）三年、尻八年〟という言葉もあるくらいですから。

あとは長い時間飲み続けないことです。あなたが素敵と感じたホステスさんですから、他の客からも贔屓にされているはずです。独占はイケマセン。最初は一時間くらいがイイでしょうナ。

何ですって？　ネンゴロになるには？

あなたネ、私も四十年近く銀座で遊んでいて、そんな簡単にイイコトがあるわけないいんですから。

でも、〝**惚れて通えば情も通じる**〟という言葉は、どんな遊び場にも共通しています。

Q

スピーチが苦手です。課長に昇進し、会社の朝礼で話をする機会ができました。ところが人の前に立つと緊張してシドロモドロ、何を言っているのか自分でもわからなくなります。話がつまらないのか誰も聞いてくれず、笑いも起きません。講演上手の伊集院先生、いいスピーチをするためのコツを教えて下さい。

（42歳・男・会社員）

人の前で話をするというのは本当に厄介なことだと私はつくづく思います。

私も、大勢の人の前で挨拶をしなくてはならない時がありますが、壇上で話をしている時は手に汗は掻くし、何を話してるのか、大丈夫なのか、という感情で胸がドキドキします。話を終えた後からも、今回もダメな話をするしかなかったナと内心嫌になります。

私は基本、十人の大人がいたら、人の前で話をするのが好きという人は、一人か二人くらいだと思います。残りの八人から九人は話をするのが苦手だと思うんです。

ここだけの話ですが、大勢の人の前で自分の話を聞いて欲しくてたまらないという人は、一種の病気だとも思っています。それも病気としてはかなり重症な人だと思います。

苦手な人は健常者なのです。

それが普通なんです。

だってそうでしょう。私たちは落語家や芸人と違うんですから。

彼等を見ていると、人前で何かを話し、それがウケルことに根っから異様な快感を覚える人がいるのだなと思います。

私が若い落語家を見ていて、この人は嫌だナと思うのは、そこに傲慢が感じられる時です。有望株なんて言われる連中がいますが、大半はつまらない奴だとすぐにわかります。

ところが**名人と呼ばれる人には共通点がある**んです。それは、どうも元々、話が苦手だったんじゃないかと思えるような含羞（がんしゅう）があることです。

ビートたけしさんの話を聞いている時、どんどん放送禁止用語を口にしはじめると、あの人の含羞が、私には見える気がするんです。

古今亭志ん生も若い時、話が上手くいかないものだから、何度も名前を変え、喘（あえ）ぎ続けています。話下手が一途になるから、何かが出て来るんじゃないんでしょうか。

今の考えから、あなたのスピーチをどうすればよいかを言うと、**下手は下手で通すのが一番**でしょう。

さて、そんな話をしても、あなたの相談の答えになっていないので、私が考える良いスピーチ、私がこれまで聞いて来た良いスピーチの話をします。

作家でスピーチを聞いて、さすがだナと思ったのは吉行淳之介さんと阿川弘之さん、色川武大さんでした。短いのに余韻がありました。

良いスピーチにはいくつか共通点があります。その中でも、一番の基本は、話が簡単明瞭であることです。つまり、短いということです。

これまでいろんなスピーチを聞いて来ましたが、長い話をだらだらとした人をよくよく調べてみると、十中八九、仕事ができない人のケースがほとんどです。私の業界でも、長い話を聞いていると、これだナ、この人の小説が面白くないのは……とか、この出版社は早晩つぶれるかもしれんナ……となります。

これは私見ですが、たとえ話の中に面白い部分があっても、**長いスピーチをすることは、ゴルフのプレーが遅いことと同じで、私は犯罪だと思います。**それが犯罪だと気付かないということは、その人が根っからの悪党か、バカなんだと思います。

人前で犯罪をしてはイケマセン。ですから基本はまず、〝短く〟です。

何人か良いスピーチを聞いた折、私はその人をよく知っている人に「話がお上手ですね」と言うと、必ずこういう話が返って来ます。「いやお上手になられたんですよ。最初は苦労なさってましたよ」

――そうか**場数を踏む**ことか。

そして大切なのが、最初は苦労するということです。つまり最初から話が上手い人は詐欺師しかいません。誰でも最初は上手くないんです。

それでその人の話をよくよく聞いていると要点をつかんでいるんですね。要点をつかむにはやはり準備が必要です。苦手なら人の倍準備をすることをこころがけるべきでしょう。しかし要点をいくつも入れるのはダメです。話が長くなるから。これは犯罪です。

こうして書いていて、相談事の答えがだらだら長いのも犯罪のような気がしてきたので、ここらでやめましょう。

私の母親が言ってました。

「**話の上手い人には気を付けないとネ**」

私が講演が上手い？

一度、聴きに来てごらんなさい。

呆れますから。

Q

癌を患いました。幸い初期の癌で、私は独身なので、誰にも言わず、密かに治療に臨もうと考えていました。ところが医師から「会社に報告して適切なサポートを受けるべき」とか「家族にも相談したほうがいい」と助言され、困惑しています。わざわざ高齢の両親に知らせて心配させたくもないのですが。

（49歳・女・会社員）

──

あなたの考え方に何ひとつ間違ったところはありません。

というより、**自分の身に起きたことは自分できちんとすべきだと考える女性を、私は尊敬します**し、好ましいと思います。

私が今、癌の宣告を受けたとしたら、私はそのことを家人にも、生家で九十歳を過ぎて元気にしている母にも話そうとは思いません。その歳まで元気でいてくれて、しかも我儘だらけの私を大人になるまで**見守ってくれた人に、爪の先ほどでも、切ない思い、切ない気持ちを抱かせることなど、決してすべきでない**と思うからです。

あなたが高齢のご両親に打ち明けたくない気持ちはよくわかります。

私の父も、最期は母に背中をさするくらいのことをしましたが、亡くなった後、献体し、解剖をしてもらった時、医師から、「お父さんはよくモルヒネなどを欲しいとおっしゃいませんでしたね?」と訊かれました。「なぜです?」と訊くと、「父の身体の中は凄まじい状態だったそうです。それでも父は母に一度も、痛い、苦しいと口にしませんでした。私はそういう父の生き方を誇りに思っています。

あなたは幸い初期の癌で、さらに独り身なら、一人で癌を引き受け、退院するまで踏ん張ることは間違っていません。職場の人にわざわざ打ち明ける必要もありません。

医師から「会社に報告するべき」と言われましたか。手術、入院がありますから、それを総務の担当に報告するのは当然でしょうが、病気の状態まで話す必要はないでしょう。

家族にも相談を、と言われたことは、独り身の今は関係ないでしょう。兄弟には？　あなたが言いたくなければ言わなくてもかまわないと思いますよ。

こう書くと、医師たちは「それは違っている」と言うでしょうが、**皆で頑張ることが患者に一番良いというのは医師の傲慢です。**

人がそれぞれ自分の生き方を選んで生きていくことは、人生における尊厳です。**自分のことは自分でやる。それが人間の品性です。**

ガンバッテ、入院してきなさい。

Q

学生時代モデルのバイトで「水着になるだけ」と騙されて、セクシービデオに出演した過去があります。このたび長くつき合った彼氏と結婚することになり、若き日の過ちを告白すべきか迷っています。もし隠したまま結婚し、彼が私の過ちを知ったらと思うと不安です。大切に思ってくれている彼なら、わかってくれるはず、という期待もあります。でも、どうしても告白する勇気がもてないのです。

（26歳・女・会社員）

今は告白しなくてよろしい。なぜなら、あなた方はまだ婚約中です。長く付き合ったとはいえ結婚生活をしていません。生活をしてみて、初めて相手のことがわかるものです。結婚したとして、そこで発覚していないのなら、話す必要はまったくありません。

人間は**他人に言えないものを背負って生きていく**ものです。人間一人が、この世を生き抜いていこうとすると、他人には話せぬ事情を抱えるものです。誰にもあることですから。

Q

恋愛小説や恋愛映画が大好きです。ところが夫は、私が恋愛ものを読んでいると「エロイ本読んでる！」とニヤニヤ。映画でベッドシーンがあったら、「エロビデオ！」と大騒ぎ。エッチなシーンも嫌いではないですが、ままならぬ愛に翻弄される主人公にウットリする気持ち、どうしたら夫にわかってもらえるでしょうか。

（42歳・女・主婦）

ご主人のように、恋愛がテーマのものをそんなふうに言ったり、そう思い込んでいる日本人男性は意外と多いんです。それはたぶんに照れくささもあって、日本では男性は恋愛を真正面から見ようとしない傾向があるんですナ。

しかし奥さん、あなたが恋愛小説の楽しさやときめきを好きというのは、小説の読者としては、実は大変レベルが高いんです。あなたは実にセンスのある小説の読者なんです。

小説（文学と言ってもいいですが）において**恋愛というテーマは、いくつかある小説の峰々の中でも最高峰**にあるテーマなんです。推理小説も、歴史小説も、それぞれに面白さ、愉(たの)しさはありますが、素晴らしい恋愛小説にはかないません。

その証拠に、古今東西、名作として何百年も残っている小説は、圧倒的に恋愛小説なんです。**人が人に恋愛感情を抱いて生きていく姿は実に美しく、崇高なもの**です。映画もそうです。『風と共に去りぬ』が、『ローマの休日』が、今日でも色褪（いろあ）せないのは恋愛がテーマだからです。

ですからご主人にからかわれても、

――この人、まだまだ子供なんだわ。

と思って、平然と恋愛小説や恋愛映画を愉しんで下さい。

小声でゴメン

Q

日本ダービーで完敗しました。妻や子供らの冷たい視線を振り切って競馬場に向かった手前、一文無しで帰宅するのはとてもツライです。あらゆる必勝法を試してきましたが、大一番のレースを外します。先生に、勝ち続ける秘訣を教えていただきたいのです。たまには子供たちにお小遣いを渡せるくらい勝ちたいです。

（39歳・男・会社員）

三十九歳のギャンブル好きのご主人。最初に断っておきますが、私はプロのギャンブラーではありません。事実は、これまでの人生でかなり負けてきたアホであります。目の色を変えて競馬場、競輪場、雀荘（ジャンそう）、カジノに走り、賭けごとなら何にでも夢中になっていたあの時間と、お金のことを思い返すと、めまいがするほどです。

いいよナ、競馬は。まぶしいターフ。美しいサラブレッド。競馬場に行けば、そこに集まっているのが全員君と同じアホ。たまらんわな。競馬場に行けば、全員、目的が同じってところが、これこそ天国だわな。

さて、ギャンブルに必勝法があるか？　というご質問ですか。

ありません。過去、現在、そして未来も、**ギャンブルの必勝法はありません。**

〝ギャンブルで蔵を建てた人はいない〟という諺もあるほどだ。しかし、たまには子供たちにお小遣いを、というあなたの発想は悪くありません。

私の友人に、釣りバカがいます。彼は坊主の日のために、イイ魚屋を知っています。それが、私がその男を尊敬する一点です。

あなたにとっての魚屋さんを探しなさい。

Q

おそろしく音痴です。これまでカラオケを避けて生きてきましたが、新しい上司が大のカラオケ好きで、歓迎会がスナック貸切の宴会になってしまいました。休むわけにはいかず、恥をかきたくもありません。残り二週間の間で練習するか、ごまかす術を身につけるか。起死回生の策を伝授していただきたいのですが。

（42歳・男・会社員）

実は私も音痴でして、長い間、音を上手く取れなかったんです。それでよく作詞をしたり、コンサートの演出をしているものだと自分でも呆れていました。

或る時、人前でマッチ（近藤真彦さん）と二人並んで「ギンギラギンにさりげなく」（私が作詞したんです）を歌った時、隣りにいたマッチが私の歌を聞いて、えっ？　という顔をしたんです。**小声でゴメン**と言いましたが、これはイカンとそれからトレーニングをしました。一、二ヶ月はおかしかったのですが、三ヶ月くらいすると、ああ、この要領なのかとわかりました。

大切なのは、上手く歌おうとしないことです。次に大声を張り上げない。考えてごらんなさい。カラオケが上手い輩で、まともな人間はいないでしょう。聞いた人が上手いと言うから、当人は他人の迷惑などかえりみずにますます増長して歌うんです。これは人間として卑しい行為です。よく、歌手みたいに上手い、という人がいますが、そんな奴は歌手になりゃいいんです。

あなたも自分が音痴と思い込んでいるだけで、要領をつかめば何ということはありません。ただ、私、**カラオケも、カラオケを平然と歌うバカも嫌い**なんで、何とも言いようがありませんが……。

二週間なら毎日練習すればどうにかなりますよ。

まずは短い曲を選びなさい。そしてこれが肝心なのですが、笑われる歌い方を覚えることです。人に笑われることは、実は人の生き方として重要なことなんです。

Q

夫の趣味は小説執筆。高価なパソコンを買ってきたり、高価な古書を「資料だ」と購入したり。「楽しそうね」と言うと「お前には文学はわからない」と怒られます。ガツンと叱ってもらえませんか。

（52歳・女・主婦）

奥さん、ご主人の好きなようにさせてあげなさい。

ご主人は〝趣味で小説を書いている〟という奥さんの達観したお考え。パチパチです。

高価なパソコンをお買いになりましたか？　ご主人はパソコンなら小説が生まれると思ってらっしゃるのかもしれません。でもパソコンが小説を書くわけじゃありません。

高額な古書を資料と称してお買いになる？　古書が小説を書くわけでもありません。

「お前には文学はわからない」と怒るのですか？　**文学の正体なぞ誰一人わかり**

はしないのです。しばらく好きにやらせておきなさい。

ご主人のほとばしるほどの文学の泉の水も、岩を砕くほどの小説への情熱も、やがて河から海へ出て行き、オットセイとアクビをする時が来ます。夢をしばらく見させせましょう。

趣味で小説は書けませんから。

最近、芸人、ミュージシャン等、別の分野で活躍した人たちが小説を書いて注目されることについては、私は大変よいことだと思っています。

私はデビュー当時、別世界から来た者という目で見られたことが正直ありました。その時、或る先輩作家からこう言われました。

「小説とそれを支持する人たちは、小説が誰に対しても自由で、平等、公正だという目で見ていることを忘れないで下さい」と。

違った分野で小説の力を持った人がどんどん増えれば、これまでとは違う読者が増え、小説本来の、万人のための表現になるでしょう。

但し、**小説の力は、読めばすぐにわかるという怖さ、厳しさもあります。**

黙って墓場まで持っていくのが友情

Q

「アメリカで勉強したい」と言って夫が突然、会社を辞めました。私も働いているし、子供もいませんから、夫を応援したいと思っていますが、夫は「しばらく充電する」と言ったきり朝から晩まで寝てばかり。勉強する気配も、アメリカに行く気配もありません。退職して一ヶ月。そろそろ行動してもらいたいのですが。

（32歳・女・会社員）

何がしばらく充電ですか。充電するほどの頭脳も、精神もありゃしませんよ。あるなら、今のアメリカへ行って勉強することなど何ひとつないことくらいわかろうというものです。単にナマケ癖がつきはじめてるだけです。アメリカでもアフリカでも、早いとこ行くように言いなさい。

Q

最近付き合い始めた恋人が、何かにつけ私に「丁寧な言葉」を求めてきます。食事の時につい「うまい！」と口に出したら「美味しい」と言え！　と怒鳴られてしまいました。彼に送るメールの文面でさえ「ごきげんよう」などふだん使わないような言葉を求められます。私は心を許せる間柄だからこそ、くだけた言葉遣いで接したいのですが、男性は女性に美しい言葉遣いを求めるものですか。

（21歳・女・大学生）

恋人がおっしゃってること、あながち間違ってはいません。

女性が使わない方がよろしい、とされる言葉は昔からあるんです。さらに言えば、言葉として存在していても、実際にはその言葉を口にすべきでないものがかなりあるんです。

「美味しい」の意味で「うまい」と言うのもそのひとつでしょうね。

たとえば「大きな男の人」を「デッカイ男の人」とは、女性は言わない方がイイでしょう。

「デッカイ」という言葉は、大きな身体の外国人が目の前でズボンを下ろして裸になった時、視線をヘソ下に留めて、初めて使う言葉です。

「下衆」「野郎」「手前」「こん畜生」「頭に来た」「とっとと」「アホ」「バカモン」……これってわしがいつも使っとる言葉だナ。ともかく女性は使わない方がよろしいかと。

誰も居ないところなら？　それもダメ。何かの拍子に口に出るのが言葉ですから。

久しぶりに恋をしました。相手は七十二歳の女性です。同じ高齢者施設で知り合いました。問題は相手に若い七十歳の彼氏がいること。三角関係になっても、彼女に思いを告げるかどうか迷っています。どうしたらいいでしょうか。

（80歳・男・無職）


ほおっー。八十歳の先輩に恋の相手があらわれましたか。

それはよろしゅうございましたな。

この雑誌を読んでおられる人たちの平均年齢は、私の知るところではありませんが、おそらく半分以上の人たちの反応は、

「えっ！　八十歳で恋人かよ」

とただ驚く人の方が多いのでしょう。そういう人が、いかに時代遅れの発想であるかを私がまず一言話しておきましょう。

七十歳、八十歳、いや九十歳であっても、人は昔から、恋をしたのです。**人間はいくつになっても恋ができる生きもの**なんです。そうして**恋をすることで、元気になる動物**なのです。

私の周囲にも、奥さんを亡くされてしばらくは独り淋しく暮らしていた先輩が、何やら元気になられたのでは、とよくよく聞いてみると、その大半が恋愛、またはそれに似たものに出逢ったケースがほとんどです。

今も、高齢者の恋愛の数は増える一方です。

高齢者が元気で明るい国はゆたかになります。

さて先輩のご相談ですが、**恋というものはどんな場合でも壁がたちはだかる**ものです。

先輩が惚れたほどの女性ですから、これまで周囲の男たちが放っておくことはなかったということですな。

七十歳の彼氏の存在は覚悟なさっていたはずです。その歳で男同士がぶつかるというのも勇ましくはありますが、そこは、亀の甲より年の功で荒事は避ける方が賢明です。

まずは先輩が、ご自分の彼女に対する想いの丈（たけ）をよくよく判断されて、そこまで自分は惚れているのかとわかれば、彼女に告白なさったらよろしい。勿論、彼氏の存在を知っていて、なお恋しいとおっしゃればイイ。

何歳になっても、**恋は思い切って踏み出すことが肝心**です。あとのことは、起こってみて判断なさるのが良いのでは？

いろいろ言ってきたが、恋愛ってのは、出逢いってのは、人がこの世に生をうけた価値を証明するかなり程度のイイものだと私は思っている。

どんなかたちであれ、人との関係性こそが自分の生を見つめることができる唯一の方法だからね。

ほら歌にもあるでしょうが。

命短し、恋せよ乙女、ってね。

四十数年前、たった一人の弟を十七歳で海で遭難死させた時、葬儀が終って、ふと気がかりになったのは「恋愛をしてたのかナ」ってことだった。そうしたらたまたま出て来た弟の日記に、恋しい人のことが記されていて、若い死を見送らねばならなかった切ない気持ちが少し和らいだ覚えがありました。

学生時代からの仲のいい友だちから「結婚するからフィアンセを紹介する」と言われて、会ったら何と元カノでした。その場では元カノだったことは黙っていましたが、この先、秘密にできる自信がありません。友だちには終わった過去として正直に話した方がいいでしょうか。

（37歳・男・会社員）

黙っていなさい。

今一番しあわせな時に、そんな話を友達のあなたからすべきではありません。**黙って墓場まで持って行くのが友情**です。

もし彼女が打ち明けても、そんなことはない、と否定しなさい。

〝言わずもがな〟。

この言葉を覚えておきなさい。

打たれ強いのが最後は勝つ

Q

大人気ない悩みなのですが、夫婦喧嘩に一度、勝ちたいのです。いつも喧嘩になると、長期戦に持ち込まれ、仕事に専念するためには家庭が平和でなければと思い、こちらから謝るか、折れてしまいます。でも、いつも負けてばかりでは、くやしいのです。一度でいいから妻をギャフンと言わせる方法はないでしょうか。

（43歳・男・会社員）

四十三歳のサラリーマンのご主人。

あなたは世の中の亭主の手本のような人だよ。世間の亭主の鑑（かがみ）だ。

――いつも夫婦喧嘩で女房に負けてばかりの亭主がどうして、手本で、鑑なんだ？

とあなたは思うでしょうが、考えてごらんなさい。

夫婦喧嘩のたびに、ことごとく奥さんがあなたにやり込められたり、敗れてうちしおれていたら、奥さんはどんな気持ちになると思いますか？

世間の、そこいらの夫婦喧嘩はたいがい亭主が勝っているのが相場でしょうが、そういう亭主は、怒鳴りつけられたり、言いくるめられたりした時の相手の気持ちがわからないし、考えてもいないんだ。

そりゃ女房は口惜しいし、辛いはずだ。ところがあなたは、その苦しさ辛さを毎回味わっているんだから、そこらへんの怒鳴るだけのアホ亭主よりも、心身で辛苦を体験しているんだ。人として立派だ。偉い！

普通それだけ連敗が続いていれば、プロ野球だって、サッカーだって監督交替でしょう。

それをあなたは敢えて交替も、移籍もせず、じっと耐えているんだ。**ローマ法王が知ったら、あなた聖人になりますよ。**

えっ！　そうじゃない！

一度でいいから、一発ギャフンと言わせてやりたいの？

よしなさい。それを実行したら、本当に何をされるかわからないよ。

相手は夫婦喧嘩のプロなんだから、素人のあなたが下手に手を出したら、とんでもないことになるよ。

悪いことは言わんから、聖人のままでいなさい。**打たれ強いのが最後は勝つ**のだ。

Q

今年、管理職に昇格したのですが、部下が次々と辞めていくのに困っています。ＩＴ関連の会社なので、成長していますし、成果を上げれば、お給料も上がるので、やりがいもあるはず。でも、二十代、三十代の部下は、一通り仕事を覚えると、「この会社にいても、これ以上、自分が成長できない」と言って、より待遇がいい会社、より働きやすい会社に転職していってしまいます。同じ釜のめしを食べて、同じ夢を見て、大きな目標を達成しようと、若手を鼓舞してきたのですが、私の力不足からか引き留めることはできませんでした。どうすればいいでしょうか。

（39歳・男・会社員）

今のままで、わしはイイと思うよ。

あなたが新人を迎え、指導してきたことは正しいんだよ。

あなたが懸命に指導し、成長を見守って来た若い人が、あなたの会社を出て行くのは、会社そのものに問題があるのだろうし、世間で言うＩＴ関連は、新しい人が、新しい力を手にしてどんどん起業することで、裾野がひろがった産業だ。

これは或る種、宿命なんだろう。そういう人たちを作り出していることは誇りを持っていいよ。

ただわしの目から見ると、待遇がイイからとか、収入が増えるからという理由だけで、次から次に会社をかわっても、最後にその人が得るものはたいしたことはないよ。

仕事は人が生きる証なんだ。働くことは生きることであり、働く中には喜び、哀しみ、生きている実感がたしかにある。

根本はいかにやり甲斐がある仕事ができるかだ。**やり甲斐のある仕事とは、その仕事であなた以外の人がゆたかになれること**だ。会社とは、職場とはともに働き、生きる家なんだ。仕事は長く厳しいが、いつか誇りと品格を得る時が必ず来るだろう。

やり甲斐に収入がともなうのは理想だが、金だけで仕事を選んでいけば、必ず落とし穴に嵌(はま)るし、たとえ金を得ても、つまらない人間が金を手にしてるだけになるものだ。

あなたはイイ上司です。今のまま続ければイイ。転職し独立した部下の、その後も少し覗いてみたらどうかね？　何か新しい発想が湧くかもしれんよ。

Q

高校からの友人が不慮の事故で愛妻を亡くしてから三年が経ちます。年に一度ぐらい一緒に食事をしてきたのですが、何となく元気がなく、酒量も増えているようです。ゆくゆく後半生を一緒に歩んでくれるようなパートナーを紹介できればと思っています。友人にそれとなく聞くと、今のところ再婚は考えていないとのこと。でも、今の彼を見ていると、一人でいるよりは、二人で生活した方がいいのではないかと思ってしまいます。余計なお節介でしょうか。（51歳・男・会社員）

余計なお節介などではありません。

手を差しのべてくれる人の存在があるから、悲しみの最中にいる人は、そこから復帰できるのです。

あなたが彼と食事の時間を持ったり、一緒に酒を酌み交わす夜を作ってくれることで、その人が少しずつ快復をしているのは間違いないことなんです。

最愛の伴侶を亡くした人の気持ちは、そうでない人から見ると、その人のこころの有り様がなかなかわからないものです。

それでも、あなたはそれを続けるべきなのです。

奥さんが亡くなって、三回忌が終って一年が経つんですね。

四年目ですか……。

お互い人生がこれからという四十代の時に伴侶を亡くしたのなら、もう少し時間が必要なのだと思います。

そうですね、あと三年。奥さまの七回忌を迎えるまで辛抱強く見守ってあげてはどうでしょうか。

不思議なもので、昔の人がこしらえた**祭事、法事、慣わしというものはよくできています**。私も、まさか再婚などとは考えていませんでしたが、七回忌を終えようとした頃、今の家人と出逢いました。

世の中のさまざまな出来事に対して、なるようになる、という考えもありますが、**事がなるには、やはりそこに自分以外の人の思いやりや、いつくしみが介在しているのが人間の社会、世間というものだ**と私は考えています。

あなたが手を差しのべてくれていることは、実は友人も十分わかっているのです。わかっていて、あなたの思いに応えられないのが、悲しみの中に立っている人間なのでしょう。

私も、のちに、周囲の人たちがして下さったさまざまなことが、本当に有り難かったと思いました。だから、今夜も連絡して、どこかに飲みに行ったらどうですか。

Q

今まで女性とちゃんと付き合ったことがありません。性欲を満たすだけなら、恋愛よりもお金がかからない方法があります。安月給の僕にとっては、恋愛はお金がある人の道楽にしか見えません。それでも恋愛した方がいいのでしょうか。

（24歳・男・会社員）

若者よ。恋愛なんぞ、しても、しなくとも、たいして人生は変わりはしませんよ。

先人も言っておる。〝世の中で何が愚かかと言えば恋愛ほど愚かなものはない。賢明な者は大切な時間を恋愛にうつつを抜かすことはない〟と。

恋愛にうつつを抜かしている男も女もバカでしかありません。一目惚れして、夢中になって、昼も夜も、相手のことを考えて仕事も手につかなくなるなんてのは、バカがすることです。挙句、相手に告白して、どの顔で私に打ち明けてるの？　などと言われたら、頭に来るでしょうが……。

あなたは恋愛にむいていません。

それは、あなたが恋愛というものと、性欲というものを直結させてしまう、素直な人だからです。それと恋愛はお金がかかるという考えも間違っています。道楽で恋愛、結婚してたら、和歌山のドンファンとか言うオッサンみたいになってしまいますぜ。

恋愛は、道を歩いていて、次の角を曲がった時、二人がぶつかるようなことです。

見知らぬ者同士が逢った瞬間に相手に好意を持つ。好きだと思う。なぜかそれからその人のことが気になる。その人のことを想っただけで身体が熱くなる。風邪かな？　と思うが鼻水も出ない。それが恋のはじまりだ。

それで相手を探し、ようやく探し当てて己の心のうちを打ち明ける。ところが相手はあなたにまったく興味がない。これが失恋ですな。運良く相手もあなたに好意を抱いた。そこから毎日逢瀬を重ねる。やがてあきが来て別れる。しばらくして別の相手と出くわしまた好意を抱く。また別れて、また出逢うって……。

恋愛はあれこれ考えるものではなく、**してみて初めてわかる**ものです。

ゴチャゴチャ考えずに、若いんだから歩き続けなさい。

Q

大学四年生の息子が「働いたら負け」と書かれたTシャツを着ていて、就職活動に励む様子もありません。来年卒業しても就職せず、家に寄生されてはたまらないとイライラが募っています。父親に一喝してほしいところですが、主人と息子は仲が悪くて、会話もなく、とても注意できません。どうしたらいいでしょうか。

（61歳・女・専業主婦）

お母さん、そんなバカ息子、放っておきなさい。男が二十歳（はたち）を過ぎて、子供のままでいたい、なんぞと抜かしているのは甘えでしかありません。「働いたら負け」などというTシャツを着て表を歩いているのなら、そのTシャツを作った連中と一緒にゴミタメでくたばればいいんです。二十歳まで育てたのですから、その先は親の責任なんぞはありません。

就職をしないようなら、目障りだから家から放っぽり出して、生きて行かせりゃイイんですよ。

「息子が路頭に迷ったら？」

お母さん、路頭に迷わすことも教育です。腹が減ったら、飯のために重い荷物もかかえるのが男というもんです。

ギャンブルは勝ち負け以外に意味はない

Q

我が家は共働き家庭です。子ども二人がようやく小学生になったと思ったら、夫が突然、昔からの夢だったカメラマンになるために会社をやめてしまいました。私の収入で何とか家族を養っていくことはできますが、夫はカメラマン修業を始め、あまり家にいません。こんな夫なら、いなくてもいいのでは？　と離婚も考えています。結婚生活を続けたほうがいいのでしょうか。（42歳・女・会社員）

そうですか。ご主人が、突然、会社を退めて、昔からの夢だったカメラマンになりたいと言い出しましたか。

なかなかのご主人ですナ。

それでカメラマンの修業と言って、家を空けることが多くなったのですか。

奥さんが四十二歳ですから、ご主人もまだそう変わらない年齢なんでしょうナ。

奥さん、あなたの収入でなんとか家族を養っていけるなら、ここはしばらく好きにやらしてみてはどうでしょうか？

私も、作家になる前は、広告やデザインの仕事をしていましたから、カメラマンは大勢知っています。

逢って話をしてみて、この人は、という人もいましたが、カメラマンの大半はバカしかいません。

特に今日のようにデジタル化が進むと、ただシャッターを押してるだけのカメラマンがほとんどです。プロのランク付けなら、一が野球選手、二がサッカー選手、三、四がなくて、五、六がゴルファーとカメラマン。そのくらい連中はアホですから。

しばらくはやりたいようにやらしなさい。真底のバカじゃなかったら、次の仕事を見つけますから。

しばらくはご主人を、首輪をはずされたバカな犬だと思って、自由にさせなさい。

写真館でも開いて、家族、人生の大切なひとときを自分が撮ってあげたいと言い出したら別ですが、芸術だ、哲学だと言い出したら、すぐに別れなさい。

最後に、こんな夫ならいなくともいいのではないか、という発想はおやめなさい。**あなたがいらっしゃるから、ご主人は踏み出した**のです。世の中の男は、そういう甘えがあるのが、良妻を持った時の行動です。

あなたがいるから行動したのです。あなたはご自分が思っているよりイイ女性で、妻ですから……。

Q

夫がときどきふらりと一人旅に出ていきます。問いつめたところ、ギャンブル場めぐりの旅でした。勝って帰ってくるのなら、まだいいのですが、いつも負けて帰ってきます。「お金をスっていきながら、ギャンブル場を転々とするスリルがたまらない。帰るお金にも手をつけると、生まれた時の身一つの姿に返っていくような解放感を感じるんだ」と理解不能な答えが返ってきました。負けるためにやっているようなギャンブルをやめさせられないでしょうか。（39歳・女・主婦）

奥さんは妻の鑑ですナ。ご主人がギャンブル好きですか。

しかもふらりと一人で出かけてギャンブル場を巡る旅をしていましたか。

私と、私の友人たちの中では、これを〝旅打ち〟と言います。ギャンブル好きが憧れる旅なんですナ。

そんな旅をこれまでやって来られたご主人は幸せ者です。それで毎回、無事に家に帰って来られたのでしょう？

それだけでもご主人はたいしたものだ。

ギャンブルで一番大切な、バランスをお持ちなんですよ。

奥さんは、勝って帰って来ればまだしも、とお考えでしょうが、**ギャンブルで勝って帰るなんてことは百回に一回もありません**。

じゃなぜ？　男たちはギャンブルをするんですか？　と思うでしょう。これがなかなか摩訶不思議なところで、**ギャンブルには、これに一度手を染めた人でしかわからない魅力と言うか、力がある**んです。

ただご主人のおっしゃる、ギャンブルをしていると生まれた時の身ひとつの解放感が得られるという主張は、まったく違っています。生まれた時の記憶があると言う人がいますが、そいつらはただのアホです。自分のことを特別視してるだけです。ましてや**ギャンブルは勝つか、負けるか以外に、何の意味もありません**から。ただあなたには負けるためにやっているようなギャンブルと見えるかもしれませんが、それはありません。

結果として負けるのがギャンブルですが、それができているうちは幸せです。ギャンブルを長く続ける人は皆よく働いているの。ギャンブルで身を持ち崩す人は仕事を放り出し、借金までして賭場に出かけてるの。

もう少し続けさせなさい。

Q

顔で男性を選んで、いつも失敗しています。男は顔じゃないことは、わかっているのですが、どうしてもイケメンでないと心がときめきません。でも、私もそろそろ三十歳。将来性のある、長く愛してくれる男性と結婚したいと思っています。どうすれば、イケメンでない男性に恋心を抱けるようになるでしょうか。

（28歳・女・会社員）

あなたの場合は問題ありません。

どんどんイケメン狩りに励みなさい。

五回や十回の失敗にめげてはいけません。

イケメンと呼ばれている男の、大半はバカですから、魔がさすというケースは十分考えられます。

運良く合体などできたら、シメタものです。

責任を取らせるのです。

ですから、イケメンでない男にどうしたら恋心を抱けるかなぞと、バカな考えはやめなさい。

イケメン＝うぬぼれ、傲慢。うぬぼれ、傲慢＝思慮浅く、迂闊（うかつ）ですから、その浅智恵と迂闊につけこむのです。あなたの場合はＧＯＧＯ！

Q

まわりの若い男はみなウジウジして頼りなく、映画や音楽、本に興味なく、お金もなく、休日は疲れて寝てばかり。会話も弾まないし、デートしていて全然楽しくありません。気持ちにも生活にもゆとりがあって話していて楽しい年上男性とつきあいたいと思います。伊集院先生のような年上の男性に気に入られるにはどうしたらいいですか。オジサンにモテる秘訣を教えてください。

（29歳・女・会社員）

私が生活にゆとりがあり、話をしても楽しいなどと、たとえお世辞でも考えているとしたら、まったく男性に対する目が節穴（ふしあな）です。

男は年齢に関係なく、本来、ウジウジしている生きものです。

それを見栄で隠しているだけです。

あなたは教養ある年上のオジサンと付き合いたいとおっしゃいますが、若い女性にむかって**教養をちらつかせるオッサンは、十中八九、下ごころと、詐欺師の発想があります。**

さらに言えば、**教養なんてもんは、屁みたいなもん**です。煮ても、焼いても食えたもんじゃありません。

オジサンにモテる秘訣ですか……。

そりゃ、釣りと一緒で、マキ餌をしっかりとすることです。

サカリがついとるナと思ったら、半裸でむかう。それでも食いつかないようなら、そりゃ全裸でぶつかるのがイイでしょう。

教養＝詐欺。サカリ＝オッサン。作家＝どうしようもない輩、ってことを忘れないでってとこかナ。

Q

以前、九十七歳の母が元気すぎて、母より長生きできるか不安です、という悩みをご相談した六十二歳の体の弱い息子です。百まで生きてもらおう、と思っていた矢先の六月、母は静かに息を引き取りました。亡くなってから、母は末っ子の私には苦しみや悲しみを見せまいとしていたことに気づきました。それを見せないために無理をして旅立ったのではないか、私がかけた気苦労で亡くなったのではないかと思うこともあります。先生はどう思われますか。（62歳・男・会社員）

母上のご臨終は、あなたが母上にかけて来たという厄介が原因などではありません。

九十七歳の死は寿命がやって来て亡くなった以外のなにものでもありません。どこに九十歳を過ぎて、息子が心配で、それが原因で亡くなる人がいますか。〝母は末っ子の私に苦しみや悲しみを決して見せまいと無理をして旅立ったのではないか〟というのも、あなたの考え過ぎです。

しかし昔から〝バカな息子ほど可愛くて仕方ない〟とか〝道楽息子をかかえてしまいなかなか死に切れない母親〟というのがあります。この言葉はあながち間違いではありません。

おそらくあなたのことは母上の大きな気がかりであったのでしょう。

しかし、それが事実だとしたら、母上を九十七歳まで長生きさせたのは、あなたのお蔭という考えも成立します。そう考えれば、あなたは親孝行な息子だったのではないでしょうか。

亡くなった人は戻っては来ません。

家族の死は、生き残った家族のためにあると考えなさい。

人の死は、その人と二度と逢えないことだけで、それ以上でもそれ以下でもないから、必要以上に哀しまないことだ。

哀しみにはいつか終りが来る。

あなたがうじうじしていたら、母上も成仏(じょうぶつ)できずに、あなたの回りをうろうろしなくてはなりませんから、ここは一念発起して、あなたなりに身体を鍛え、精神を強く持って、新しい出発をしなさい。

Q

小生、六十九歳、男、独身です。酒色に溺れることもなく、賭け事もやりません。自分で言うのも何ですが、真面目で勤勉なので、そのうちいい人が見つかって、家庭を築けると思っていました。でも、気づけば、この歳です。月に一回外出して、いい景色を見て、おいしいものを食べに行きますが、心は晴れず暗く息苦しい毎日です。これからどうすれば、明るく穏やかな心持ちで生きていけますか。

（69歳・男・無職）

――あなたね、だいたい六十九歳になるまで、このままじゃ、ずっと独身で生きなくてはならんぞ、と考えたことがないんですか？

そういうのは呑気とものんびりした性格とも世間では言いません。ボケッとしとるうちに、老いぼれてしまってたオッサンでしかないでしょう。でも、あなたの心中が今、暗く、毎日が息苦しいことが、このままずっとは続きませんから安心しなさい。

えっ！　本当ですか？　とあなたは思われるでしょうが、本当です。

しかしそのためには、あなたがしなくてはならないことがあります。あなたは誰かとの出逢いをむこうから勝手にやって来ると思っていたのです。それが間違っていたのです。

今日から、外出する理由を、外の空気を吸うためでも、いい景色を見るためでも、美味しい食いものを食べるためでもないものにしなさい。

誰かと出逢うために外出しなさい。自分から積極的に相手に声をかけるのです。

色情狂と思われはしないかって？

あなた、**男という生きものの大半は色情狂**なんです。あなたは驚くかもしれませんが、女性の大半は声をかけられることを待っているものなんです。そうでなければ、こんなに世間に男と女がうまいこと一緒に生きているわけがないでしょう。

外へ出てみて、イイナーと思える女性に出逢わないようでしたら、思い切って男性を見てみるのも手でしょう。

誰かが、あなたを待っている。

それが世の中というものですから。

Q

付き合って三ヶ月の彼氏が「部屋が汚いから掃除してよ」と言ってきました。ラブラブな関係を壊したくないので、「私は母親でも家政婦でもねーんだよ、自分の部屋ぐらい自分で掃除しろよ」と言いかけてやめました。掃除をしたら、次は洗濯、料理と要求がエスカレートしそうで怖いです。どうしたらいいでしょうか。

（19歳・女・大学生）

お嬢さん。部屋がよごれていたら普通、掃除はするでしょう。綺麗な部屋で、ラブラブした方がイイに決まっとるでしょう。何が不満なの？　何だって？　掃除をしたら、次は洗濯、次は料理と言ってくるかもわからないから、それが嫌なんですか。

そりゃ掃除をしてから、相手がどう出るかを待って考えりゃいいんじゃないのかね。

掃除は、彼の部屋で過ごす上での基本だからかまわんが、洗濯と言い出したら、きちんと、それはできないと言えばいいだけだ。

言っとくが、掃除も嫌々やってれば、本当の掃除にはならんからね。

掃除、整とんは、生きる基本だから。

Q

「話がつまらない」と同僚や取引先によく言われます。女性をせっかくデートに誘っても、間が持たず、二回目がない男になっています。女性を楽しませる会話をするには、どうすればいいのでしょうか。

（28歳・男・会社員）

黙ってなさい。

余計な話をするからとやかく言われるんだよ。

大人の男の話というのは、誰かを面白がらせたりするためにあるんじゃないんだ。

必要以外は黙ってりゃ、それでいいんです。

感謝は気持ちが一番

第一希望の会社に就職が決まりました。大学まで出してくれて、就職活動でも色々な支援をしてくれた両親に感謝の気持ちを伝えるためにプレゼントを贈りたいと思っています。どんな贈り物がいいでしょうか。

（22歳・男・大学生）


希望していた会社に就職できましたか。

それはおめでとう。

就職に際して、ご両親が何かと応援をして下さいましたか。いいご両親を持って、あなたはしあわせですナ。

そのご両親に感謝していることを何かプレゼントにして伝えたいのですか。

いまどき珍しい考えだ。イイネ〜。

〝大学まで出してくれて〟とあなたが思っている、その**気持ちだけで十分**だと、私は思いますよ。

それでも何かカタチにして贈りたい？

気持ちで十分と言ったように感謝をしているなら、何でもイイんだよ。

では現実的なアドバイスをしようか。

初任給をもらったら、父上と、母上に現金書留でもいいから、手紙を書き、五千円ずつ入れて送りなさい。

現金はどうも……。そうかね、ならそれぞれ五千円以内でハンカチでも買って差し上げたらどうかね。あんなに暑かった今年の夏を考えれば、いいんじゃないかと思うよ。

あなたが贈ったものは、現金にしても、ハンカチにしても、ご両親は一生使わずに大切に仕舞っておくと思うよ。

五十年以上前、私と弟は母の日に二人で合わせて安いハンカチを贈ったんだ。弟が海難事故で亡くなってから三十年経った夏、妹がタンスの隅から、そのハンカチと拙（つたな）い私と弟の走り書きがあるのを見つけたことがあってね。何？　これ、という妹を、母が目を細めて見ていたのを思い出したよ。

感謝は気持ちが一番。カタチは何でもイイんだよ。

しっかり働いて、一人前の大人になれよ。

Q

私には妻と十歳と八歳の男の子がいます。仲良く幸せな家庭だと思ってきたのですが、八歳の子が自分にまったく似ていないことがずっと気がかりで、悩んだ末にDNA鑑定をした結果、私の子ではないことが判明しました。妻を問い詰めたところ、行きずりの関係でできた子で、相手の名前も知らないとのことでした。相当な覚悟が要りますが、家族関係を続けるべきでしょうか。子供は傷つきますが、離婚するべきでしょうか。また、八歳の子には真実を伝えるべきでしょうか。

（42歳・男・公務員）

四十二歳の公務員さん。何を大袈裟なことを言っとるの。

自分の種から生まれてない子供が家族にいるなんてことは、**世間じゃよくあることでしょうが。**

えっ！　知らないのかね？

私が聞いた話じゃ、一般家庭の半分は、そういう事情があるらしいがね。

奥さんも、ずっと悩んでいたんだから、そこも考えてやらんと。

さて、あなたが思い悩んでDNA鑑定までして発覚したことを、私がどうしてたいしたことじゃないと言うかを教えよう。

まずは奥さんのことだ。奥さんとて生身の女性だ。長い人生、一度や二度間違いがあるのは当たり前だ。たまたまそうなった時に、子を授かった。悩んだ末、産むことにした。そりゃそうだ。お兄チャンがすでにいるし、子供の可愛さも、魅力もわかりはじめたところだ。産もうと決心した奥さんはエライ。

次にお兄チャンと同様、家族として育て、あなたも可愛がってくれていた。その子もしあわせだ。この世に生を受け、生きることができたんだから……。

結婚して、子を授かり、夫、家長としてのあなたはしあわせだったんじゃないのかね？

なら奥さんの勇気と、その子があなたを慕ってくれていることに感謝すべきと違うのかね。お兄チャンも弟を好きだってわかるでしょうが。兄弟のようにじゃなくて、兄弟なんだよ、二人は。息子だと思ってじゃなくて、あなたの息子なんだよ、彼は。この世の中でたった一人の父親があなたなんだよ。

あなたは今は驚いているから、このまま家族としてやって行くのに、相当な覚悟が要るなんて言ってるが、私に言わせると、こんなことで覚悟なぞと青二才のようなことを言ってちゃダメだ。

へっちゃらな顔をしてすべてを引き受けるのが大人の男でしょう。

今夜、男の子の寝顔を見て、この子は正真正銘、俺の子供だと自分に言い聞かせなさい。

離婚？　こんなことで離婚するバカがどこにいますか。子供にむかって俺の子じゃないって話をするアホがどこにいるんだ。

真実はあなたの子供ということだけだよ。**真実なんて訳のわからん言葉を家族の中で使うんじゃないよ。**鑑定結果の用紙もすぐに燃やして、あなたは死ぬまでそのことを口にせんことだ。奥さんはたぶん泣いて謝っただろうが、謝るべきは、子供のことを疑ったあなただ。奥さんにちゃんと謝りなさい。

フーテンの寅さんも言ってるでしょう。

〝それを言っちゃぁおしまいよ！〟男は辛いもんでございます。ハッハッハ。

Q

台風に地震と天災が続いているので、我が家も備えをしておかなければと思っております。非常食、懐中電灯、簡易トイレ、ラジオなど用意しておくべきものは、本や雑誌に載っているのですが、小生、のんびり屋で度胸もなく、いざというときに判断と行動が遅れるのではないかと心配です。一家の主として妻や子供を守るために最も大切な心がまえを教えていただけないでしょうか。

（41歳・男・会社員）

天災、人災、事故に家族とともにいる時に遭遇した場合、まず一番は全員がどうすれば生きのびることができるかを、家長は考えるべきでしょう。さらに基本を言うと、まずは自分がきちんと生きていられる状況かどうかも判断すべきでしょう。

一人が生きのびるために誰かが犠牲になるかもしれないことは、これは摂理です。東北の津波の諺に〝てんでんこ〟とあるのは、このことです。人命とはそういうものです。

あなたは、のんびり屋で、度胸がない、とおっしゃいますが、**大人の男というものは、いざとなったら、きちんとやり抜くもの**です。のんびりも度胸も、まったく必要がありません。**必要なのは、どんな方法を取っても、あなたと家族が生きのびること**です。

Q

夫婦喧嘩で口達者な夫にやり込められると、ぐうの音も出ず、くやしいので、つい夫をグーパンチで殴ってしまいます。夫は耐えて反撃してくることはありませ

ん。夫のことは愛しているので、暴力をふるうのはやめようと思っているのですが、やめられません。どうすればいいでしょうか。（30歳・女・専業主婦）

――

奥さん、あなたねぇ、夫婦喧嘩で言いまかされたからって、旦那さんを拳骨で殴ってどうするんですか？

奥さん、格闘技とかやっとったの？

それで、旦那さんは、あなたの暴力に耐えてるの？

ハッハハハ。スゴイと言うか、面白いご夫婦ですナ。

そんなことをしときながら、旦那さんを愛しているので暴力をやめようと思ってるの？

どうすりゃいいんですかって言われても、**そりゃどうしようもない**でしょう。

もしかして旦那さんを殴ってる時に、快感というか、気持ちがイイんじゃないの？

だったら定期的に続けるべきでしょう。

大丈夫！　**今夜もドカーンと一発やりなさい。**

夫がゴミの分別をしてくれません。プラスチックやビニールを「燃やせないゴミ」に分別するようにいくら言っても、「今の焼却炉は何でも燃やせるから」と言い返してきて、馬の耳に念仏です。小さな努力ですが、地球環境のことを考えれば、リサイクルのために分別して出すのがいいに決まっています。夫の考えを変えるには、どうすればいいでしょうか。

（35歳・女・専業主婦）

そういう考え方をするご主人は説得しても言うことは聞きません。別れなさい。

ゴミの分別の拒絶は立派な離婚の理由になります。

怖い女房は良妻

実家がお見合いの釣書（つりがき）を送ってくるようになりました。そろそろ四十歳なので身を固めようとは思っているのですが、写真や経歴を見て、二、三回会っただけで、男子一生の大事を決められるか自信がありません。趣味が合う、笑いのツボが合うなど、世間では長持ちする結婚の条件が様々に語られていますが、お見合い結婚を決めるときに大切なポイントを教えていただけないでしょうか。

（39歳・男・会社員）

私はお見合いでの結婚に賛成しとるよ。日本の社会で守られている良い習慣のひとつだと思うよ。

単純に、離婚率は、見合い結婚と恋愛結婚、もしくは当人同士で決めた結婚を比べると、後者の方が圧倒的に高いんだナ。

離婚の理由は、さまざまだろうが、よく言われる理由は、若い時に相手に恋して、夢中になってゴールインしたカップルが、いざ一緒に暮らしてみると、こんなはずではなかった、と失望し、別れてしまう。

つまり若くてまだ人生経験が乏しい人の目には、人生の伴侶への冷静なものが欠けていたのが、離婚につながるわけだ。

その点、お見合いの場合は、〝お見合い〟という言葉どおり、お互いが相手を見て、判断する時間と、段取りがあるわけだ。

その上、間を取りもつ人物が、人生を長く経験し、結婚についても考えがしっかりしている点が、これが何かとこころ強い。

あなたは、男子一生（少し大袈裟だが）の大事を、二、三回会っただけで決める自信がないと言われるが、二度、もしくは三度会って判断がつかないのなら、百回会っても、千回会っても、そりゃ決められんのじゃないかね？

世間では長持ちする結婚の条件がいろいろ語られとると言うが、そんな話聞いたこともないぜ。**〝渡る世間はアホばかり〟というのが、私の基本姿勢**だから。

見合い結婚のポイント？

そんなもんはないでしょう。

会って、この人となら一緒に歩いて行ける！　と思ったら、それでイイ。それしかないだろう。判断の理由は、相手の外見、プロポーション、資産、よく働きそうだ、力が強そうだ、と**十人十色で何でもイイ**んだよ。

いろいろ考えない。いつまでも石橋を叩いてると、良妻を乗せた船は沖へ出てしまうぜ。

Q

定年を迎えたのですが、外出するときに着ていく服がなくて困っています。暇をもてあまして参加した自治会で「あの方、おしゃれね」と女性たちから言われている同世代の男性を見て、発奮しました。でも、どうしたら「おしゃれ」になれるのか見当がつきません。よきアドバイスをいただけないでしょうか。

（67歳・男・無職）

定年を迎えましたか。長い間、ご苦労さん。
外出時に何を着たらいいのかわからない？
あなたはよほど仕事中心で、これまで生きて来られたんですね。
これまでの普段着でイイんじゃないですか。
そうじゃなくて、周囲の女性から「おしゃれな人ね」と言われたいんですか。
それで発奮して、おしゃれをしようと。
それはなかなかですナ。
若い時と違って、年齢を重ねてからのおしゃれ、身嗜みというのは結構悩みますわナ。

急に派手なものを着たり、身に付けても、一人だけ浮き上がってしまい、逆効果で、あんなもの着て、どうされたのかしら、ということは間々起きますわナ。

ただ年輩者のおしゃれは、年相応だけを考えて、ファッション、装飾品を選ぶのは、私はよろしくないと思います。

おしゃれには流行があります。別に流行の最先端のものを着なさいとは言いませんが、流行をまったく無視するのはダメでしょうナ。

現代、今の流行を意識することは大切なことです。

じゃどうするか？　男性ファッション誌を読んでもよくわからんでしょう。

まず外出した時、ありゃさわやかだとか、イイ感じだとか思える同年齢の男性を頭のてっぺんから足の先までよく見てみることです。

その結果わかるのは、**衣服だけでなく、帽子、靴、鞄、時計まで、感じの良い人は気を使っている**ことです。

それでもよくわからないなら、デパートやメンズショップに行って、自分の歳でも着れそうなものを選んでみて欲しい、と正直に言うことです。ひとつの店でなくいくつかの店でトライしてみなさい。

最後に、おしゃれは何度か失敗をしないと自分のものになりませんから、金と時間がかかることも頭に入れときなさい。

帰宅恐怖症に苦しんでいます。仕事が早めに終わって、家に直行すれば「もう帰ってきたの!?」と言われ、飲んで遅くなると「仕事でもないのにこんな時間まで何やってるの！」と怒られます。帰宅するのが憂鬱になり、気が休まらず、仕事にも身が入らなくなっています。本当は妻が怖いことはわかっているのですが……。どうすればいいでしょうか。

（51歳・男・会社員）

帰宅恐怖症などという病気がほんとにあるのかね？

何でもかんでも症状をつけるのはやめなさい。

落語の〝饅頭こわい〟のジョーク版で、わしに何か書かせようとしとるのと違うか。

まあいい。それで何だって？

早く帰宅すれば、「もう帰ってきたの!?」と言われ、飲んで遅くなればなったで、「仕事でもないのにこんな時間まで何やってるの！」と怒られるのか……。

それで憂鬱になるってのも、ご主人、あんたの考え過ぎじゃないの。

何にでも難癖付ける家族の中で生まれ育った奥さんってだけの話じゃないの？

何だって、本当は奥さんが怖いのかね？

それならわかるよ。

どんなふうに怖いの？　さからったらぶっ飛ばされるって確信があるのかね？

鍋料理一緒に食べてて、少し辛いなんて言おうものなら、鍋ごと飛んで来るとか？

この季節、寝室で少し寒くありません？　と言ったら、素裸にされて一晩テラスに縛り上げられてたとか？

ハッハハ、そこまで行ってたら、そりゃ怖いを越えて、珍重されるべき夫婦のかたちだわナ。

ご主人、**人間はね、一度何かを怖いと思ったら、その恐怖心は簡単に解消しない生きものなんだよ。**

その恐怖から逃げ出したり、戦って克服しようなんて考えるのは、そりゃ無駄だ。

対策はひとつ。その恐怖を受け入れて、生きることだよ。おそらく奥さんへの恐怖以外はなんとかやっとるんだろうから、ここは怖がる自分を愉しむくらいの余裕を持たにゃ。

大人の男なんだから、世の中にひとつやふたつ怖いものがあるのも、ご主人の将来に何かを与えてくれるよ。一晩で総白髪とか、毎晩上げる悲鳴で肺活量が上がるとかナ。

怖い女房は、基本、良妻なんだよ。

Q

中学校でとても気の合う友人ができました。家に呼んで勉強したり、おしゃべりしています。しかし母親に「いつも同じ子とばかり遊ぶな」と注意されました。一人と親密につきあうのではなく、様々な同級生と遊ぶべきでしょうか。

（12歳・女・中学一年生）

十二歳の中学生のお嬢さん。そんなことで悩む必要はまったくありません。その友達と一緒にいる時が楽しくて、あなたもその友達のことが好きなら、今までどおりに、その友達を最優先して何も問題はありません。

友情とは、一人の人間が、家族以外で唯一信頼を持てる相手を得て、ともに生きることだから。

あなたはまだ若いから、社会、世間というものを知らないだろうけれど、私はこれまでの人生の中で、**素晴らしい友達を持つことができたことが、一番の幸運だった**と思っているんだよ。そしてそんな友達を得ても、いずれ時が来れば、人は離れ離れになってしまうんです。

それでも、何かの折、あの人はどうしているだろうか、しあわせに暮らしているだろうかと思える人がいることは、とても大切なことなんだ。

友情は、人間がなすさまざまな行為の中で、最上級のものなんだ。

さて君の悩みだが、お母さんに、一人の友達じゃなくて、いろんな人とつき合いなさいと言われたという話は、それはそれで間違ってはいない。いろんな人を見て、何かを知ることは大切なことだから。

しかしそれと、今の友達と距離をとったりすることとはまったく別のことで、君が信じるようにすることの方が大切なんだ。

お母さんには、皆と遊んでいるよ、と言ってあげなさい。

それは別にお母さんに嘘をつくことではないんだ。
今のままで大丈夫だから。

Q

夫がいて、たまに家に遊びに来てくれる子供や孫がいて、友達もいるのに、歳のせいか孤独を感じることが多くなりました。私が感じていること、考えていることは、結局、誰とも分かち合えないんだという諦めといいますか、悲しみが胸に込み上げるのです。魂が通じ合うような恋人や友人を求めてこなかったからかも、という一抹の後悔もあります。この孤独とどう付き合っていけばいいでしょうか。

（68歳・女・専業主婦）

そうですか。結婚をし、子供を産んで育てて、今はもうお孫さんまでできていらっしゃる。ご主人とともに今日まで生きて来て、あなたの人生は他人から見ると、この上ないしあわせな一人の女性に映るでしょうな。よろしいじゃないですか。

えっ！　それが少し違っているのですか？

ご友人が家に見えても、お子さんがお孫さんを連れて遊びに来てくれても……、それでもなお、今の状況を単純に喜んでいないんですか？　何があったんですか？　何もないのだけど、孤独な気持ちになってしまってしかたがない？

そんな気持ちを分かち合う、本当の友達も、恋すらして来なかった……。

それで、ともかく孤独というか、寂寥の感にさいなまれてしまうわけですナ。

奥さん、その孤独感は大きさの差こそあれ誰もが生きている限り、抱かざるをえないものなんです。**孤独にさいなまれない人なんぞ、世の中にはいません。**皆、口にこそ出しませんが、人生の中で何度か、そういう感情、心境になるのが、生きるということです。

では、なぜ、人間はそういう感情を抱いてしまうのだろうかと、精神科医や心理学者が今も懸命に研究をしているのですが、勿論、それを解消するクスリどころか、原因さえわかっていないんです。

孤独を感じるということは、私の考えでは、あなたが一生懸命に生きている証しです。

私も、あなたと同じ気持ちになることが今までも何度かありました。そんな時、私は、独りでこの世に生まれて来たんだし、死ぬ時も独りなんだから、**せめて生**

きている間は、誰かと笑っているようにこころがけたんです。それは依るべきものを積極的に受け入れるということです。

孤独になることは何もおかしいことではありませんし、人として当たり前のことです。

やがて終着がある電車に乗っているのですから、生きている間は明るくしましょうよ。

Q

「彼氏とうまくいっていない」と相談をしてきた女性の悩みを聞いているうちに彼女のことが好きになり、付き合いはじめたのですが、最近、会えないなと思っているうちに彼女が結婚したことを人づてに知りました。その相手は何と元カレで会社の同僚でした。女性不信になり、鈍すぎる自分にも嫌気がさしました。女性の嘘を見抜く方法を教えていただけないでしょうか。

（28歳・男・会社員）

二十八歳のサラリーマン君。君の今回の話だけを聞いていると、タダのマヌケにしか聞こえんが……。

けどね、わしは君のような男が好きだよ（あの、好きという表現を勘違いせんでくれな。つい先日も酒場で、夏風邪引いとったわしの右手を若い奴が、先輩、熱あるんと違いますか、と握ったまま一時間さわってたのに気が付かんで、店の主人から、大丈夫？　と聞かれたから）。

なぜ好きかと言うと、相手のことを心配して話を聞いてやったんだろう。その上跨（またが）ったのかどうかは知らんが、そうやって他人のことを親身になってあげる性格は貴重ですよ。

その彼女が結婚して、相手が元の彼氏で会社の同僚だったなんて、よくあることだ。

女性不信？　そりゃイカンナ。

女性なんて一度不信感を持ったら、やることなすことすべて罠じゃないかと思いはじめるから。男が女をダマすより、**女が男にちいさな嘘をついて男がダマされる方が世の中は上手く行くの。**

カミソリみたいに切れる男なんてたいしたことないから。**鈍感くらいの方がいいの。**哲学者パスカルも言っとるよ。〝愚鈍なれ〟とね。**女性の嘘くらい平然と受け流しなさい。**あっ、ジュースはダメだよ。毒が入っとることがあるからネ。

Q

四十を過ぎ、「まだ独身なの?」という重圧に負け、何となく付きあってきた同世代の女性と、何となく妥協して結婚しました。子供もできましたが、結婚生活にときめくことなく、何をやっても楽しくなく、毎日が虚しく過ぎていきます。他にもっといい女性がいたのではないか。どこかに運命の女性が待っているのではないか。そう思えてなりません。こういう考えはおかしいですか。

(44歳・男・公務員)

あなたはご存知ないでしょうが、何となく今の奥さんと結婚した男は、あなたが思うより世間には多いのです。

その理由は、あなたが燃えるような恋をしなかったからでもなく、他人に流されて結婚したからでもないんです。実際、そういう結婚が多いのが日本の社会なのです。テレビのドラマのような昂揚しての結婚はそんなにないのです。

あなたは妥協という言葉を使っていますが、**妥協などという言葉は、結婚においては存在しません。**

なぜなら結婚は、まったく違った環境で育った男と女（それ以外でも結構ですが）二人の人格が同じ屋根の下で暮らして、そこからはじまるものだからです。はじまれば妥協は通用しません。

相手を大切にせねば、と思う感情が起こるのが日々の生活というものです。

奥さんも子供も同じです。あなたの温度が、家族の温度でもあるんです。

たとえ別離をするにしても、大人の男が家族に対して、妥協という言葉を使ってはイケマセン。

世界のどこかに運命の女性が待っている？　そうかもしれませんネ。

家を出て行く前に、奥さんに過ぎるほどのお金を差し上げて、きちんと詫びてから出て行きなさい。

まさかあなたは奥さんが、あなたの気持ちに気付いてないとでも思っているのではないでしょうナ？

あなたを生涯の伴侶とした奥さんの喜びや、それを祝福した奥さんのご両親、ご祖父母の笑顔をきちんと見ていましたか？

まあいい。運命の女性を探しに行けばいいでしょう。世界のどこかには、あなたと同じように自分がしあわせならいいというバカがいるはずです。

伴侶を労るのが男のツトメ

Q

私には付き合って一年ほどになる彼氏がいます。両親には秘密にしているので、デートやお泊まりのときは、「大学の友達と出かけてくるね」と嘘をついています。親を騙すことがだんだん後ろめたくなってきているのですが、彼氏のことを話したら、叱られて別れさせられそうです。言うべきか、言わないでおくべきか。どちらがいいでしょうか。

（20歳・女・大学生）

二十歳のお嬢さん。そんなことを両親に打ち明けちゃダメ。目の中に入れても痛くない可愛い娘さんが、お泊まりします、なんて口にしたら、パパもママも卒倒してしまうに決まってるじゃありませんか。

お嬢さんは彼氏のことも好きだけど、ご両親のことも大好きなんでしょう。わかるナ、その清らかな気持ち。

清らかだけど、彼氏に抱っこしてもらうのも、なぜか大好きなんでしょう?わかるナ。その清らかな性欲。さわやかな愛撫。けなげな四十八手（このくらいにしとこうか）。

今時、あなたみたいに天使のような相談事を聞いて、掃き溜めでツルに逢った気持ちだよ。いいですか、一生ご両親に嘘をつき通しなさい。うしろめたさこそ、抱っこの原動力ですから。

Q

優秀な兄に困っています。三つ年上で高校一年生の兄は成績優秀で運動もできますが、私はどちらも人並みで、先生や友達から何かと比較されます。母親からは先日、「何か問題を起こして、お兄ちゃんの足を引っ張らないでよ」と言われ、さすがにグレそうになりました。何かに打ち込もうとすると、「でも、兄ちゃんがやったら、どうせ抜かれる」と思い、夢中になれません。兄の影を振り払うにはどうすればいいでしょうか。

（13歳・男・中学生）

十三歳の中学生君。君の気持ちはよくわかるナ。

まず言っておくけど、君と同じような立場にいる若い人が、日本に千人をくだらないくらいいることを伝えておこう。

君は若いからまだ知らないだろうが、お兄チャンに比べて、**ダメな次男、三男と言われた人が、大人になって立派な仕事をしている例はたくさんあるんだ。**

北野武さんがその筆頭だナ。私はハナクソみたいな作家だが、それでも何とか歩いているが、子供の時、三人の姉は小、中学校を終えるまで三人とも通信簿がオール5（最優等生）だったんだ。そして我が家で初めての男児が小学校に入学し、一学期の通信簿がオール1（最劣等生）だったんだ。

君のお母さんは、兄の足を引っ張らないでと言われたんだろう？

私のオヤジは、すぐに病院へ連れて行け！　とほざいたんだぜ。

私は大人になって思ったんだ。今の日本の学校教育は、私に合わなかったんだろう、とね。**悪いのは私の頭ではなくて、教育制度の間違いだったはずだ**、と。

お兄チャンには悪いが、昔、神童、今タダの人の確率はおそらく五〇パーセントを越えているはずだ。

最後に、優秀な成績の子供を、底で支えているのは君なんだ。君は縁の下の天使だ。堂々と生きなさい。

Q

十年間のバーでの修業を経て、いよいよ自分の店を開こうと、立地や店内の雰囲気、お酒のラインナップなどを今、考え抜いています。しかし、十年後に残っているバーは一割にも満たないそうです。長く愛されるバーにしていくには、どのような心がけが大切でしょうか。一流のバーで飲まれてきた先生にアドバイスをいただきたい。

（30歳・男・バーテンダー）

何でもそうだが、ひとつのことをはじめる時に大切なのは、まずその扉を開けて、歩きはじめることだ。

立地？　雰囲気？　酒のラインナップ？

何を素人みたいなことを言っとるの。

ボトル一本、平板一枚。そこにあんたが立っていれば、それであんたのバーは開店するんだよ。

店の良し悪しは、君が決めるのではなく、客が決めることだ。

日本のウィスキーを造った男も言っとるじゃないか。

〝やってみなはれ〟。

これだよ。

Q

昨年、結婚したヨメの下手な料理に悩んでいます。食べ物を粗末にしてはいけないと思い、がんばって食べているのですが、家路につく足取りが重くなり、つい寄り道して飲みに行くことも増えてきました。そんなときでも、ヨメは料理を作って待っていてくれるので、料理が元でゆくゆく夫婦仲にヒビが入っていくのではないかと心配しています。どうすればいいでしょうか。（27歳・男・会社員）

何をバカなことを言っとるの。

毎日、朝、晩の料理をこしらえてくれる奥さんと暮らせとるだけで、自分はしあわせだと思わないと。

君がどんな家庭で、どんなふうに育った男なのかは知らんが、料理の美味(うま)い、不美味(まず)いを口にするのは、実家に調理人でもいたのかね？　それとも母上がたいした料理の腕がある人だったのかね？　よしんばそうであっても、料理をこしらえてくれているのは、君が選んだ伴侶だよ。妻なんだよ。

そういう人が懸命にこしらえたものを否定するのは、大人の男としておかしいとは思わんのかね。

伴侶を労(いたわ)るのが、わしら男のツトメと違うのかね。

料理の味が原因で夫婦仲にヒビが入るかもしれん、って、ガキのようなこと言っとるんじゃないよ。

ここまで言われると、君も嫌になるだろうから、わしなりの提案をしよう。

週末だけでも、あなたが料理をしたいと申し出て、二人で料理教室に通いなさい。君の年齢から察すると、奥さんもまだ若いだろうから、あなた好みの味覚や、世間で、これならまあまあという味覚を体得していないと考えた方がイイだろう。そうして少しずつ料理の味とコツを夫婦で獲得するのがイイと思うよ。

わしは基本、料理が美味い、不美味いは口にせずとして生きて来た。**大人の男が料理についてとやかく言うのは卑しい**と考えとるんだ。だから美食家とか、グルメとか言われて、したり顔で生きておる輩が大嫌いなんだ。連中の下品な顔を見てみりゃわかるだろう。

何がミシュランじゃや。ひと昔前までヨーロッパの片田舎で馬、牛の糞を踏んどった車輪を作っとった連中にどうして味覚がわかると言うの。

料理教室が無理なら、会社を早く出て、家まで走りなさい。腹がペコペコになるまで走れば、何だってモリモリ食べられるから。

Q

先日、非常に目をかけて、かわいがっていた二十歳年下の部下（男）から、飲みに行った先で「好きです！」と告白されました。私は女性が好きな男なので、どうその気持ちを受け止め、どう答えていけばいいのか、考えあぐねています。非常に気立てのいい優秀な男なので、彼の成長に影を落とすようなことはしたくありません。どうすればいいでしょうか。

（55歳・男・会社員）

ほおうー、イイ話ですナー。

何がイイ話か？　とあなたは思われるかもしれませんが、その若い部下の真っすぐな気持ちが、あなたに、あなただけにむけられた、このけなげさです。

人間は皆それぞれ、顔、身体が違うようにいろんな夢、願望、欲望を抱いて生きている生きものです。男性が、男性に憧れ、男性に寄り添いたいと願うことがあっても何の不思議はありません。いや、むしろそういうことが正常なのかもしれません。人類誕生以来、男性が男性に恋することはずっと存在し、認められていることです。それは決して、特別な行動ではありません。

わしも？

残念ながら、わしはおなごの方が好みです。

さて、あなたの相談ですが、まず考えなくてはいけないのは、彼があなたに告白するまで、どれほど悩んだかということです。

普通、上司にそういう告白をすれば、自分は会社に居ることができないと考えるはずです。それでも告白しようと決心した理由はひとつだけです。

それは、あなたが魅力的な男性であり、あなたこそが彼にとってオリンポスの山の上に立つ神だったからです。

ヨオッ！　色男。

あなたも、もう五十五歳だ。包容力に加えて忍耐力も十分身に付けているはずだ。

ここはひとつ、黙って受け入れてあげなさい。

心配？　何が？

不安？　何が？

何を言ってるの！　ずっと目をかけて来た可愛い部下ですよ。

大人の男というものは、時に、自ら、敢えて進まねばならない道というものがあるのです。あなたなら、できます。

Q

妻が浮気をしているようです。証拠を摑んで、問い詰めればいいのでしょうが、長年、仕事で家に帰るのは深夜、家庭や子供の教育のことは任せきりで、妻との会話もほとんどなくなっていたので、私にも非があると感じています。離婚はしたくないので、妻との関係を修復しながら、静かに見守ろうかとも思っているのですが、やはりはっきり問いただすべきでしょうか。

（39歳・男・会社員）

三十九歳のサラリーマンのご主人。

バカなことを言いなさんナ。

妻が浮気をしているようだって、そりゃ、**奥さんも人間なんだから、浮気くらいはするでしょう。**

たかが浮気くらいおおめにみてやりなさい。

はっきり問いただすって、そんなバカなことをしちゃイケマセン。

奥さんだって、ご主人に発覚しないように、そりゃいろんな工夫をして、浮気をしてるんだと思うよ。それをご主人があばいたりしたら、奥さんのけなげな努力がふいになってしまうじゃありませんか。それじゃ、あんまりにも奥さんと、その相手の人が可哀相でしょう。

ただね、奥さんが浮気をしてるのは、ご主人が長い間、帰宅が遅いとか、夫婦の会話がまったくないとか、そんな理由じゃないことはわかっておかんとね。

じゃ原因は何ですかって？

そりゃ決ってるでしょう。

奥さんが浮気性なの。それだけ。ともかく、やっちゃったもんはしょうがないんだから、ここはご主人が大人の器量を持って、見て見ぬ振りでいなさい。

三十年もすりゃ、あなたたちは七十歳近いんだ。

そうなりゃ、浮気もへったくれもなくなりますから。

女は愛嬌と度胸

Q

入社以来「イケメン」に分類されて困っています。女の子からは「チャラい」と警戒されます。モテない社長からは「キミはモテるんだろ」と邪険にされ、上司からは「イケメンだからって目でものを語ろうとしないで、ちゃんと話せ」と叱られました。女性の先輩からは「イケメンに胡坐(あぐら)をかいて努力を怠(おこた)りがち」と厳しい視線を注がれています。「イケメン」という言葉が生まれて二十年ぐらいだそうですが、そろそろ使うのをやめられないものでしょうか。（37歳・男・会社員）

そうですか、イケメンに分類されましたか。それでいろんなことで困っとるのかね。

イケメンと言うか、男前と言うか、二枚目と言うか……。人にそう言われて悩むこともあるのかね？

私が若い時は、イケメンという言葉がなかったからね。しかし昔から、〝色男、金と力はなかりけり〟という言葉もあるからね。それは大半が嫉妬心から来ているんじゃないのかね。私も、男前というか、二枚目スターみたいな顔をしている男で、仕事ができる男を見たことがないから、やはり顔がイイのはよくよく考えると、大変なんだろうね。

ただあなたの相談の文章を読んでいると、あなたも自分がイケメンだろうと思っているフシがあるように、わしには思えるんだが、そうじゃないのかね？

顔がイイだけで生きて行けるほど世間は甘いもんじゃないし、これまで私が見て来た顔がイイ男の大半はどうしようもないバカしかいなかったよ。

どうしてかって？　それはね、顔がイイだけで、自分が他の男より優れていると思ってしまうからだよ。そりゃ傲慢以外の何ものでもないからね。でも当人はそれがわかっちゃいないんだよ。だから顔のイイ男はどうしようもないんだよ。

君は、そろそろイケメンを使うのをやめられないでしょうか、と言うが、その考え方がおかしいというか、何もわかっちゃおらんナ。分類されたとか、決めつけられたとか、君は言うが、どこかに自分の顔がまんざらでもないと思っている気持ちがあったら、この先の人生、つまらない男として生きるしかないよ。

君が本当に、自分の顔が嫌なら、壁でも岩にでも顔をぶつけるか、石を手にして自分の顔をこわせば、その悩みは簡単に解消できるよ。

できるかい？

できないだろう。

イケメンに生まれたことは、人生の最大の不幸と受けとって生きることができれば、君は何とかまともな大人になれるよ。

顔のことで悩む男たちは、鏡を見て、この顔じゃ人の何倍も踏ん張ろうと思うのさ。君はイケメンを活かして、面白可笑しく人生を送った方がイイヨ。

Q

冷蔵庫に残っていたケーキを食べたら、翌朝、妻に『私が食べようと思っていたのに！』と、きつく怒られました。それだけではなく、妻が楽しみにしていた大福、羊羹、シュークリームなどを私が過去に食べていたことへの恨み言を昨日のことのように言われました。その形相は夜、寝首をかかれるのではないかと思えるぐらい恐ろしいものでした。「食いものの恨み」を鎮める方法を教えてください。

（32歳・男・会社員）


ハッハハハ、そりゃ愉快な奥さんじゃないか。いやイイかみさんだよ。

どこがイイって？

だってご主人、そういうことで本気で怒ることができるってことは、素直ってことだし、奥さんの中に少女の感情がまだ生きているってことだよ。

変に大人っぽくなる女性よりは、よほどチャーミングじゃないの。

同時に、そういう感情をあらわにできるってことは、ご主人、あなたもなかなかの男ってことだよ。

女性の中にある、少女のようなものを、ずっと残してくれていたら、ご主人が仕事や健康のことで厄介事に遭遇しても、必ず、奥さんの性格で救われると、私は確信するネ。

私も長いこと女性を見て来たつもりだが、私の思う、**イイ女性というのは、よく笑い、よく食べ、よく動く、活き活きとした女性が一番**じゃないかと思うよ。そういう女性ならたまに怒っても、それは〝愛嬌〟というものだよ。〝男は度胸、女は愛嬌〟と言うが、私に言わせると**〝女は愛嬌と度胸〟**だネ。〝愛嬌〟は持って生まれたもんで、もともとある〝愛嬌〟の芽を摘みとらないように生きて行かせるのが、男の度量だ。〝度胸〟の方は男を見て培うものだ。**このふたつが揃った女性と長く一緒に過ごせば、男は幸せだ。**

ところで相談は何だったか？

あっそうか、〝食いもんの恨み〟か。

そんなもん簡単だ。好きなもんを、うんざりするほど食べさせりゃ、それですべて解決する。単純に解消できるところが、奥さんの素晴らしさでもあるんだよ。

最後に、ご主人が甘いものにつき合って、一年後に容姿が変わらんようにすることだ。

Q

年末年始に夫の故郷に帰省すると、祖父母や親戚の方から小学生の二人の子供にお年玉をいただきます。私は貯金して、子供の分別がついたころに渡そうと思っているのですが、夫はお金を使う練習をさせろ、とすぐに渡すように言ってきて、毎年揉めます。お年玉の賢い使い方を教えていただけないでしょうか。

（36歳・女・専業主婦）


そりゃ、奥さんが正しい。

たとえ一年に一度しか逢わない親戚であっても、子供に不相応な金額の金を与えてはダメだ。

人間が生まれながらにして身に付けていないもののいくつかに、礼儀、作法、分別、金というものがあるんだ。

〝生まれ育ち〟と言うが〝育ち〟の悪さが出るのが、その四つのことだ。

これは子供の時に厳しく教えなきゃ、のちのちバカ呼ばわりされることだ。厳し過ぎるくらい、躾けなきゃならん。

金で言えば、持たせりゃ、子供の欲の中の食欲、物欲……悪いことに友達の中での優越感というバカなことまで身体が覚えてしまう。

ご主人は金の使い方を覚えさせるとおっしゃるが、王族の子供じゃないんだから、金をどう使うかより、**金がないのが普通の人の生き方であることを身体に覚えさせないと**。ともかく子供に贅沢をさせることは、一番悪い教育のやり方です。

お年玉の賢い使い方と奥さんは言うが、大人でさえ賢い使い方ができんのに、子供にできるわけがないでしょう。

最良なのは、最低の額を渡すことだ。もっといいのは与えんことだ。これにつきるよ、金は！

Q

ふとした縁が重なり、共通の趣味（演劇）を持つ三十歳年上の方（男性）と文通を始めました。昔の舞台や役者のことなどを教えていただけるので、大変勉強になります。これまでメールやLINEでしか連絡をとってこなかったので、手紙によって、相手の気持ちがこんなにも豊かに伝わってくるのかと新鮮な驚きと喜びを感じています。ただ、手紙初心者のため、適切な言葉遣いができているのか不安です。目上の方に手紙を差し上げるときの基本的な心得を教えていただけないでしょうか。

（20歳・男・大学生）

そうですか。年上の男性と手紙を出し合うことになりましたか。

たしかにメールやLINEはなかなか気持ちが伝え切れない、伝わらない、という側面を持っていますナ。

それが手紙を受け取って、相手の文面を読んだ時に、気持ちがゆたかになったことに驚きましたか。

それは貴重な経験を、今、あなたはなさっていますナ。それは好運な体験です。

さて、それで相談は、これまで手紙を書くことがほとんどなかったので、自分の書いた手紙の文面がちゃんとしているかが心配なわけですね。

手紙にはさまざまな用途があります。儀礼的なものもあれば、案内状、招待状、詫び状も手紙の一種です。それらには文面に、一定の基準があるのはたしかです。

しかし、あなたたちの手紙は、そういう手紙と、少し違っています。

何が違うと思いますか？

それは相手の男性も、あなたも、そこに書かれている文面以上に、文面の底に、お二人の気持ちがこもっているということです。

そういう手紙の作法には初心者も何もありません。

気持ちをこめて書けばそれでいいんです。

では気持ちをこめた文章はどう書くか。

ひとつの方法は、手紙を書くのではなくて、相手の男性が目の前にいると想像して、あなたの言葉で、話しかけるようにしてみることです。そうすれば〝先日の手紙を拝読してまことに感動しました〟などとは口にしないでしょう？　ならばあなたの言葉で〝昨日の午後、ポストにあなたの手紙を見つけて、とても嬉しくなりました。一行目を読みはじめて、なんて素敵なんでしょうって……〟くらいのことを書いても大丈夫なんです。

あなたは若いのですから、若者の言葉で、話すように書いてみてはどうでしょう。

最後に、ラブレターになってもいいのですが、そこはご自分の気持ちをよく見つめておやりなさい。

上司との飲み会でグチをこぼすうちに飲みすぎてしまい、記憶をなくしてしまいました。上司に暴言を吐いてしまったような気がして、気持ちが落ち着きません。翌朝すぐに謝りに行った方がいいでしょうか。それとも、寝た子を起こさないために何事もなかったかのように振る舞った方がいいでしょうか。

（28歳・男・会社員）


二十八歳のサラリーマン君。

それはあなた、間違いなく、上司に過ぎる言葉とゲロを吐いてしまっています。

なぜ、わかるかって？　同じ経験が、私にあるからです。そして同時に同じことをしてしまった同僚を見たことがあります。

すぐに謝った方がいいでしょう。

〝**謝ることに時期はナシ**〟と言います。たとえ時間が経っていても、謝らないより謝った方が、今後のことを考えるといいのです。

今後とは、上司にうらまれることだけではありません。あなたが同じことをまたしでかすからです。〝寝た子を起こさない〟って、あなた、自分の上司にそんな言葉を平然と使えることが、もう危ないんだぜ。

すぐに、正直に謝りに行きなさい。

Q

四十歳になってから十代の男性アイドルの魅力に目覚めてしまいました。独身実家暮らしで働いているので、自由に使えるお金と時間が多少はあり、足繁くコンサートに通っています。コンサートで意中のアイドルと目が合ったり、手を振ってもらった日は嬉しさで舞い上がり、数日その情景を思い浮かべて胸をドキドキさせています。彼の姿を堪能することが、単調な日々を輝かせてくれています。でも、コンサート会場にいるのは若いお嬢様ばかり。二十歳以上も歳の離れた男性にときめくのは、普通ではないんじゃないかと心配です。先生はどうお考えですか。

（40歳・女・会社員）


そうですか、四十歳代になられて、夢中になれるアイドルが見つかりましたか。

そりゃよかったですね。

ときめくことができたことは、人生のさまざまな時間の中でも、しあわせな時間ですからね。

そのときめく気持ちを大事にして、おおいに楽しむことです。

それで、何か困ったことでも?

アイドルのコンサートに出かけても、まわりは皆若いお嬢さんばかりで、少し戸惑っているんですか。

二十歳以上も歳の離れた男の子に夢中になっているのは少しおかしいんじゃないかと思う時があるんですか……。

そんなことを気にしていてはダメですよ。

惚れてしまえば歳の差なんて関係ありません。二十歳離れているくらいは、世間ではごく当たり前のことです。気にする必要はいっさいありません。

アイドル、スターにときめく気持ちは、若い、若くないなんて関係はありません。

それに会場で、あなたが気にしている若いお嬢さんたちの様子を見てごらんなさい。

あなたのときめきと何から何まで同じはずです。

その子たちに負けないように、もっと頑張ってときめかなきゃイケマセン。

今のときめきを大切にする。それがあなたが活き活きと生活できる原動力なんですから……。

Q

取引先で知り合った妻と結婚して十年、子宝には恵まれませんでしたが、仲良くやってきました。ところが近年、妻の年収が私の年収を上回り、妻の目覚しい業績も耳にします。当初は気にしていないつもりだったのですが、嫉妬している自分に気づきました。それが相手にも伝わったのでしょう、夫婦関係もぎくしゃくしはじめた気がします。「男の嫉妬」をおさめるにはどうすればいいでしょうか。

（41歳・男・会社員）


どうしました？

奥さんと同じ業界で働いていて、最近、奥さんが目覚しい仕事振りで、気が付いたら、あなたの収入を抜いてしまってるんですか？

そりゃイイ奥さんをもらいましたね。

あなたはしあわせだ。

共稼ぎの夫婦で、奥さんがよく働いてくれる家族は理想ですよ。

それでどうしました？

何ですか？

仕事ができて、稼ぎもイイ奥さんに嫉妬を感じはじめた？

何を贅沢なことを言ってるの。

世の中、働いても働いても、暮らしが楽にならない人がほとんどだっていうのに、バチが当たるよ。

そんなチマチマしたことをしないで、発想を変えなさい。

どう変えていいかわからない？

簡単でしょう。奥さんを尊敬するんですよ。

こんな素晴らしい妻を持って自分は世界一しあわせだ。奥さんが疲れて帰って来たら、マッサージをしてあげるとか。給料日には明細をテーブルに置いて、パチパチッて拍手をしてあげるとか。

できない？

始末が悪いナ、男の嫉妬ってやつは……。

Q

水商売の世界に入って三十年、店を開いて二十年になります。店を続けてこられたことに感謝しているのですが、店に来る同級生とお酒を飲んでいると、ふと寂しく虚しい気持ちになります。三十年、小さな店を切り盛りするだけで精一杯で私は変わらないのに同級生は皆偉くなっている……。独身なので両親が他界し、天涯孤独になったことも、寂しい気持ちの原因かもしれません。前向きな気持ちで還暦を迎えるにはどうすればいいでしょうか。

（55歳・男・自営業）

それは長い間、頑張っとるね。
想像するに、店はそれなりに風情のあるバーか何かなんだろうね。
それで相談は何ですって？
ふとした時に、寂しさを感じる？　虚しくなることがある？
どうしてまたそんな感情になるんだね。
何？　店に訪ねて来てくれる同級生は皆偉くなっているのに、自分は一人で水商売をしている男だから……。

何を言っとるの！　どんな学校へ行ったかは知らんが、同級生なんてのは大半の者が、人生半分以上おかしくなっとるのが相場でしょうが。

あなたの前だけで、上手く行っとると口にしとるだけだよ。

両親が他界して一人になった？

そりゃ当たり前でしょう。順番でいなくなるんだから。

「天涯孤独です」

あんたオーバーでしょう。自分で自分のことを天涯孤独だなんて言う人は誰もいないよ。

前向きな気持ちで還暦を迎えたい？

あんた還暦なんて、ただの時間の通過点でしょうが！

還暦に前向き、横向きなんてのがあるわけないでしょう。

あなた一人でいろいろ考え過ぎだよ。もしかしてここんところ深酒し過ぎとるんじゃないの。きっとそうだよ。

最後に、ふと、何かを考えたりするのはやめた方がイイヨ。そうでないと、閉店後、ふとしたはずみで、ご臨終ってことあるから。

Q

妻のご両親との仲がぎくしゃくしていて悩んでいます。原因はすべて私にあります。私がご両親にご挨拶にうかがって結婚のお許しを得るべきところを、入籍後にうかがったり、先立つものがなく、結婚式を挙げられなかったりで、不興をかってしまいました。でも、結婚三年目となり、暮れには子供も生まれる予定なので、何とか関係を修復していきたいと思っています。どうすればいいでしょうか。

（28歳・男・会社員）

二十八歳の若いご主人。

結婚で大切なことはいろいろあるのだろうが、一番大事なのは、主人は妻のご両親と家族、妻は主人のご両親と家族を最優先で大切にし、主人は妻のかわりに、彼女の両親に親孝行をしようというこころ構えを持つことなんだ。自分の両親にもできなかった孝行をするつもりで接することです。

それが自然とできるためには、義理の両親をこころから好きになることだ。そうすれば夫婦仲もずっと上手く行く。

それで何だって？　入籍後に初めてご両親に挨拶に行ったのかね。

金がなかったので、結婚式も挙げられなかったって？

そりゃ、おまえさんが悪い。

そいつは、最悪かもしれんナ。仲がぎくしゃくするのは当たり前だ。

結婚式というのは自分たちのためにするんじゃないの。自分たちだけのためなら、あれだけ費用をかけて、忙しい人にも出席してもらうことはおかしいでしょう。

結婚式は花嫁のご両親、ご祖父母、家族、親戚、子供の時から世話になった人たちに〝晴れ〟の姿を見てもらうためにあるの。日本人は昔から娘の嫁ぐ日のために貯金をしたりして準備している国民なの。考えてごらん。誕生した時以外で、人生で祝ってもらえる日なんてそうそうないんだから。

まあいい。やったことはしかたがない。

今からでも遅くないから、入籍の報告が遅れて、ご心配をかけたことと結婚式が挙げられなかったことを、一度、きちんと謝ることだナ。

それですんなりご両親が納得するってことは、まあ十にひとつもないだろうが、二度、三度、誠心誠意詫びを入れ続けなさい。

それでもダメなら？

それでも謝り続けるしかないナ。

人間というものは、一度思い込んだイメージはなかなかあらためられないものだ。ましてや実の娘の将来を背負う相手だ。ご両親は幾晩も二人して話し、眠れぬ夜もあったことだろうと想像してみれば、わかるだろう。

ともかく孫のためにも謝り続けなさい。

叩けば**開かない扉はない**はずだ。

文春文庫

女と男の絶妙な話。

悩むが花

定価はカバーに表示してあります

2022年4月10日　第1刷

著　者　伊集院　静

発行者　花田朋子

発行所　株式会社　文藝春秋

東京都千代田区紀尾井町3-23　〒102-8008
TEL　03・3265・1211㈹
文藝春秋ホームページ　http://www.bunshun.co.jp

落丁、乱丁本は、お手数ですが小社製作部宛お送り下さい。送料小社負担でお取替致します。

印刷製本・凸版印刷

Printed in Japan
ISBN978-4-16-791864-4